文春文庫

金子みすゞと詩の王国

松本侑子

文藝春秋

金子みすゞと詩の王国

目次

扉イラスト　小尾洋平（オビワン）
扉デザイン・図表作成　野中深雪

金子みすゞと詩の王国

まえがき　詩の王国へ

金子みすゞの詩には、王女、王様、王国が描かれます。(1)「砂の王国」、「王様のお馬」、「世界中の王様」、「私と王女」、「女王さま」……。

みすゞの胸には、この世の現実《うつつ》を離れて、彼女が晴れ晴れと生きられる愉しい空想でいっぱいの理想郷があったのでしょう。

砂遊びをするときに、私たちは砂の国の王様になったつもりで、自由自在に山や谷を作ります。みすゞはその王様のように、彼女だけの夢に満ちた比類なき詩の王国を創っていきます。

明るく澄んで、懐かしく、そして驚きに満ちて、幽遠《ゆうえん》なる金子みすゞの詩の王国へ、これから旅立ちましょう。

私はいつか出てみたい、
ひろいお空の見えるところへ。

金子みすゞ「ひろいお空」

序章
聖女から詩人へ

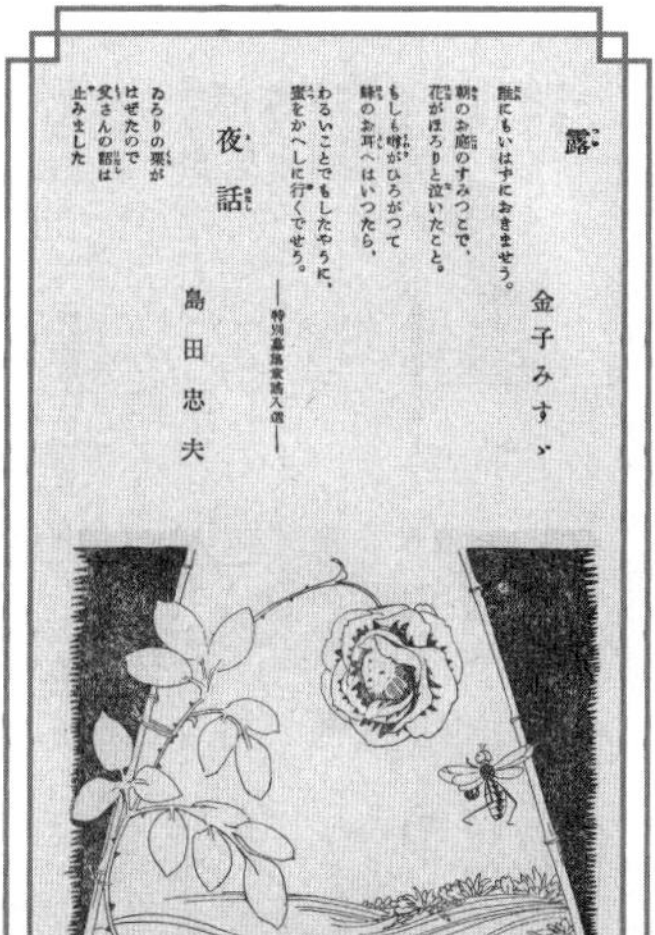

露

金子みすゞ

誰にもいはずにおきませう。
朝のお庭のすみつこで、
花がほろりと泣いたこと。
もしも噂がひろがつて
蜂のお耳へはいつたら、
わるいことでもしたやうに、
蜜をかへしに行くでせう。

——特別募集童謡入選——

夜話

島田忠夫

ゐろりの栗が
はぜたので
父さんの話は
止みました

—121—

みすゞの詩「露」掲載誌面
(「童話」大正15年4月号)

金子みすゞは、大正中期から昭和初期にかけて活躍した詩人です。

豊漁の歓喜にわく浜のにぎわいから、一転して、海中の鰮《いわし》の弔《とむら》いを描く「大漁」、「みんなちがって、みんないい。」の一節で知られる「私と小鳥と鈴と」など、やさしい言葉づかいでありながら、自然界への哲学的な思索を湛《たた》えた詩境に、天才のひらめきがあります。

しかし彼女の二十六年の短い生涯において、詩集は一冊も出版されませんでした。

みすゞは、雑誌に自作の童謡詩を送る投稿詩人だったのです。その独特の着想から生み出された空想豊かな名詩が毎月のように誌面を飾り、読者を魅了しますが、やがて夜空をわたる一筋の流れ星のように、詩の世界から消えていきます。初の本格詩集として『金子みすゞ全集』が発行された時は、昭和五年の逝去から半世紀以上がすぎていました。

私がみすゞの詩を初めて読んだのは二〇〇一年でした。月刊誌に海外文学紀行を書いたところ、その掲載誌に「金子みすゞ特集」が組まれていたのです。

明治に生まれた女性が、かくも斬新《ざんしん》な、かくも趣深《おもむきふか》い詩を書いていたことに驚嘆し、児童文学作家、詩人の矢崎節夫氏による評伝『童謡詩人金子みすゞの生涯』を読みました。

そこから興味は、脚本家、作詞家だった弟の上山雅輔《かみやまがすけ》にも広がり、いつか、みすゞと雅輔の姉弟を小説に書いてみたいと思いました。

それから翻訳や太宰治の評伝、幕末小説を手がけているうちに月日は流れ、二〇一一年、東日本大震災で、再びみすゞの言葉に衝撃を受けます。

震災の後、テレビで流れた彼女の詩「こだまでしょうか」に心揺さぶられ、私は、この詩を書いた金子みすゞを文学者として再考する小説を書かなければ、表現者として前へ進めないと感じ、調査を始めました。

まず彼女の郷里《きょうり》である山口県北部の長門市《ながとし》へ行くと、私のふるさと島根県出雲地方に似た言葉づかい、食文化、風土、気候であり、同じ日本海側に生まれ育ったみすゞに親しみをおぼえました。

それから国会図書館へ通い、みすゞが作品を投稿した一九二〇年代の雑誌「赤い鳥」「金の星」「童話」「婦人画報」を読んだところ、大正時代に一世を風靡《ふうび》した童謡詩ブームの勢いを初めて知り、圧倒されました。

今、雑誌に、俳句や短歌の投稿欄はありますが、詩のコーナーはありません。

しかし当時は、少年少女雑誌のみならず、婦人雑誌にも童謡詩や叙情詩の欄があり、全国津々浦々の読者から盛んに作品が寄せられていたのです。

みすゞは、この童謡詩の運動に魅せられて詩作を始め、投稿欄の選者だった詩人、西條八十《やそ》の指導で、天性の才能を開花させていきます。

また、みすゞが毎月のように投稿した「童話」など、大正時代の児童文芸誌の表紙とさし絵のすばらしさ、モダンなデザインにも目を瞠《みは》りました。

みすゞが夢中で読んだ誌面のため息のこぼれるような美しさ、モダンなセンス、彼女が生きた時代の美意識、雑誌を作った編集者と画家の熱意を少しでもお伝えしたいと、本書には表紙と掲載誌面を載せました。

みすゞの人生については、矢崎節夫氏、木原豊美氏、今野勉氏といった先人が綿密《めんみつ》な調査をなさっています。一方で、彼女の詩の最大の理解者であった弟の雅輔と、みすゞの義理の父にあたる上山松蔵《うえやままつぞう》については不明な点が多く、東京や西日本の各地で親族を探して取材を進めました。

しかし、戦前戦中の雅輔の資料が圧倒的に足りず、執筆に悪戦苦闘していたところ、彼の没後に所在不明となっていた七十年分の日記などの手書きノートが、四国にあることがわかったのです。

特別に閲覧させて頂き、数年がかりで読解したところ、みすゞについて様々な新事実が判明し、雅輔の視点から小説『みすゞと雅輔』を書くことができました。

ちなみに雅輔は、みすゞの弟として金子家に生まれますが、幼くして裕福な家へ養子に出され、姉と知らずに文学の友となり、彼女を励まし続けます。

姉の結婚後は上京、文藝春秋社の雑誌「映画時代」の記者として活躍しますが、みすゞの自死後は、花街に放蕩無為《ほうとうむい》の歳月を送り散財、家運を傾けます。

それから再起して、戦前は昭和の喜劇王、古川ロッパ一座の脚本家として、公私ともにスターの右腕となり、戦後は「劇団若草」の演出家として芸能界、演劇界に身を投じながら、みすゞが万年筆で綴《つづ》った遺稿《いこう》詩集三冊を五十年以上にわたり保管。

それを元に『金子みすゞ全集』が発行され、彼女の珠玉《たま》のごとき名詩の全容を読めるようになったのです。

私にとって、みすゞの詩と向き合い、彼女の人生を考え、小説に書くことは、私たちと同じように長所と短所、気高さと泥臭さの両方をあわせ持つ一人の人間、金子みすゞの心を模索する試みでした。

彼女が、親のない寂しさに涙し、未来への抱負や憧れを胸にいだき、結婚し、子どもを産み、愛し、さらに夢破れた挫折と悲嘆を経験したからこそ、文学として胸を打つ傑作が生まれた。懸命に生きた一人の女性に寄り添い、その心情を描くことでした。

金子みすゞの詩というと、優しくて可愛らしい作風を連想します。しかし残された五百余篇は幅広いテーマを含み、意欲的に創作されたものです。

一人で生まれ、一人で死んでいく人間の根源的な孤独、子ども心のあどけなさと寂しさ、懐かしい遊びと暮らし、小さな命の儚《はかな》さと愛しさ、ふるさとの海辺の情景、ファンタジックな夢想、宇宙の成り立ち、さらに童謡詩の範疇《はんちゅう》を超えて、女性の生き方にも筆を広げています。これらの詩は、みすゞ自身の人生の哀歓と深く関わっているのです。

童謡といえば、今では幼児の歌とされています。しかし大正時代に童謡詩が誕生した当時は、音楽ではなく、活字で読む詩歌の文芸でした。

本書では、童謡詩が、大正デモクラシーの自由主義の気運から誕生し、流行歌となって人気を博し、やがて昭和の戦争の時代に衰退していく社会的、文化的な背景を紹介しながら、みすゞの生涯と傑作詩を、さらに同人仲間たちの名詩もあわせて読み解きたいと思います。

第一章
詩心の原風景
～童謡詩の誕生

みすゞのふるさと・仙崎

大漁《たいりょう》

金子みすゞ

朝焼小《あさやけこ》焼《やけ》だ
大漁《たいりょう》だ
大羽鰮《おおばいわし》の
大漁《たいりょう》だ。

浜《はま》は祭《まつ》りの
ようだけど
海のなかでは
何万《なんまん》の
鰮《いわし》のとむらい
するだろう。

「童話」大正十三年三月号、推薦の二、西條八十《やそ》（1）選
（大羽鰮は大型のマイワシ）

「童話」大正13年3月号表紙

漁師町に生まれ育った娘、父との別れ

金子みすゞの詩には、海辺の情景を詠《うた》ったものが多数あります。磯《いそ》の匂いが立ちのぼり、砂浜に打ちよせる波の音が聞こえ、潮風が頬をなでる心地がします。

私が初めてみすゞの故郷を訪れたのは、小説『みすゞと雅輔《がすけ》』を書くための最初の取材の旅でした。みすゞが生まれ、二十歳まで暮らした土地は、山口県長門市仙崎です。日本海側の漁師町のそこかしこに、みすゞの詩で読んだ、どこか懐かしい昔ながらの風景が残っていました。みすゞが詩を書いた場所は下関ですが、詩の原風景は、仙崎の海と黒瓦の家々が軒を連ねる街並みに、今も広がっていたのです。

みすゞは、明治三十六年（一九〇三）に生まれました。金子みすゞは、詩を投稿する時につけた筆名で、本名はテル。

彼女は幼いころから、家族の縁《えん》薄い身の上でした。

父親の金子庄之助《しょうのすけ》は、農産物や海産物を帆船《ほぶね》で運ぶ渡海業《とかいぎょう》をしていました。写真を見ると、目の澄んだ色白の好男子です。彼は明治三十八年、みすゞが二つのとき、中国大陸へ渡ります。

下関市内に複数の店舗をもっていた大書店、上山文英堂《うえやまぶんえいどう》が、当時の清国満州の港町、営口《えいこう》に支店を開いていました。

庄之助は、上山文英堂で本屋の商いを教わり、大陸へわたったのです。三十代の男の胸には、満州で一旗揚《あ》げたいという心意気があったことでしょう。

そのころの日本は、日清戦争（一八九四〜九五）に勝利したあと、朝鮮半島と満州の権益をめぐってロシアと戦争を始め、満州の入口にあたる営口には日本軍が駐屯《ちゆうとん》。商人などの民間人が渡り、日本人街ができていました。

そうした在留邦人にむけて、日本語の本を売る書店を、父は営んだのです。下関の上山文英堂は、続いて、青島《チンタオ》、大連《ダイレン》、旅順《リヨジユン》など、中国大陸の各地に支店を出すことから、営口の店の商いは順調だったと思われます。

しかし父は、満州に行った翌年、現地で病死します。三十一歳の若さでした。

そのとき、仙崎のみすゞは三つになる前です。物心もつかないうちに父は大陸へわたり、そのまま死に別れたのです。

彼女には、遠い海のむこうへ行ったきり帰ってこなかった父なる存在や、父を恋い慕《した》う詩「口真似――父さんのない子の唄――」や、父の使いが迎えにくる夢想の詩「朝蜘蛛《あさぐも》」などがあります。

黒瓦の家々が連なる仙崎

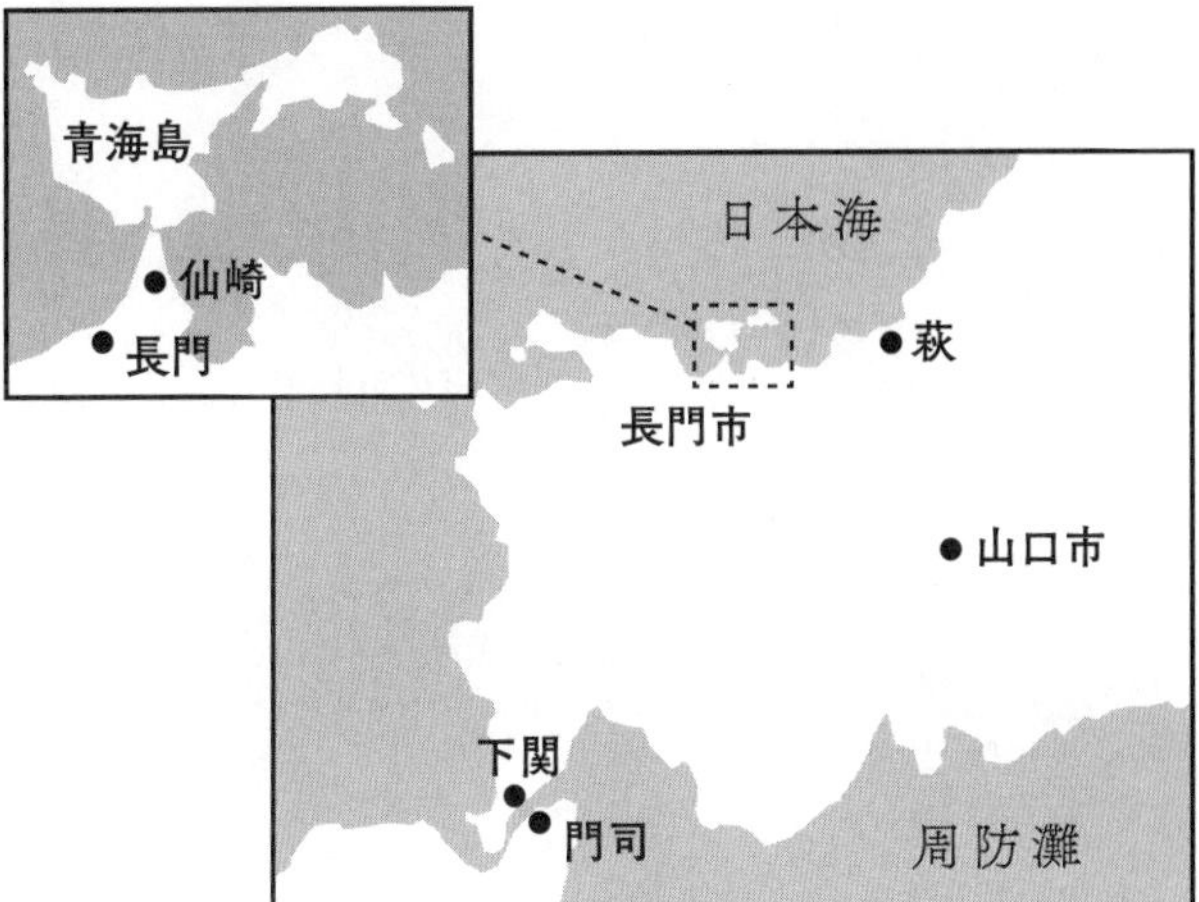

山口県と福岡県の地図

口真似《くちまね》
——父さんのない子の唄《うた》——

金子みすゞ

「お父ちゃん、
おしえてよう。」
あの子は甘《あま》えて
いっていた。

別れてもどる
裏《うら》みちで、
「お父ちゃん。」
そっと口真似
してみたら、
なんだか誰《だれ》かに
はずかしい。

生垣《いけがき》の
しろい木槿《むくげ》が
笑うよう。

『美しい町』（みすゞ手書き詩集）(2)

幼くして父と別れたみすゞには、「お父ちゃん」と呼んだ記憶がありません。友だちが「お父ちゃん」と甘えた声で呼んで、父に寄り添った……。友と別れて一人で家路をたどりながら、誰もいない裏道で、そっと口真似をするように、「お父ちゃん」と小さく言ってみた。その言い慣れない言葉のくすぐったいような甘さ、気恥ずかしさ……。

誰もいない裏通りの生垣に咲く白い木槿《むくげ》の花だけは、そんな気持ちをわかっているよと言うように、ほほ笑むように咲いている。

まぶたの父を恋い慕う女の子の心を、可憐《かれん》な木槿の花に託して、ほのかな甘さの後に、父のない子のさみしさがたゆたいます。

弟・雅輔《がすけ》との別れ

父庄之助が満州で亡くなり、母親のミチには、三人の子どもが遺《のこ》されました。長男の堅助《けんすけ》、長女のみすゞ、次男の正祐《まさすけ》です。

正祐は、のちの脚本家、作詞家の上山雅輔《かみやまがすけ》（3）。以後は、筆名の雅輔と表記します。

金子家には、ミチの実母ウメもいましたが、明治の田舎町で、老いた祖母と母親が、三人の子どもを養い、育てていくことは容易ではありません。そこでミチは、まだ幼い雅輔を、下関の上山文英堂へ養子に出します。

上山家《うえやまけ》には、ミチの妹フジが嫁いでいましたが、店主の上山松蔵とフジは子宝に恵まれず、跡取り息子を求めていました。

母親ミチにしてみれば、わが子を手放すことは無念だったにしても、上山家は大きな書店を営み、裕福です。しかも息子を育てる母親は自分の妹ですから、そこへ雅輔を養子に出すことは、望ましい選択だったのです。

しかし、三つのみすゞにとっては、どうだったでしょうか。

よちよち歩きのあどけない弟が、ある日、突然、家からいなくなった。いつも聞こえていた赤ちゃんの泣き声も、可愛らしい笑い声も、おむつを干す光景もなくなった……。

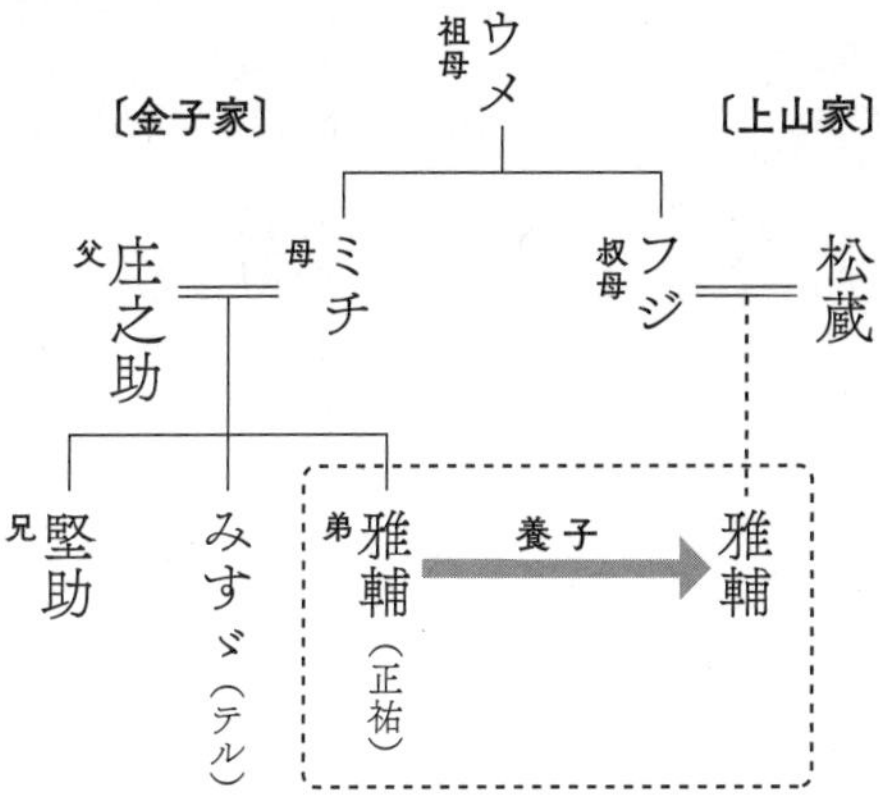

金子家と上山家、明治40年

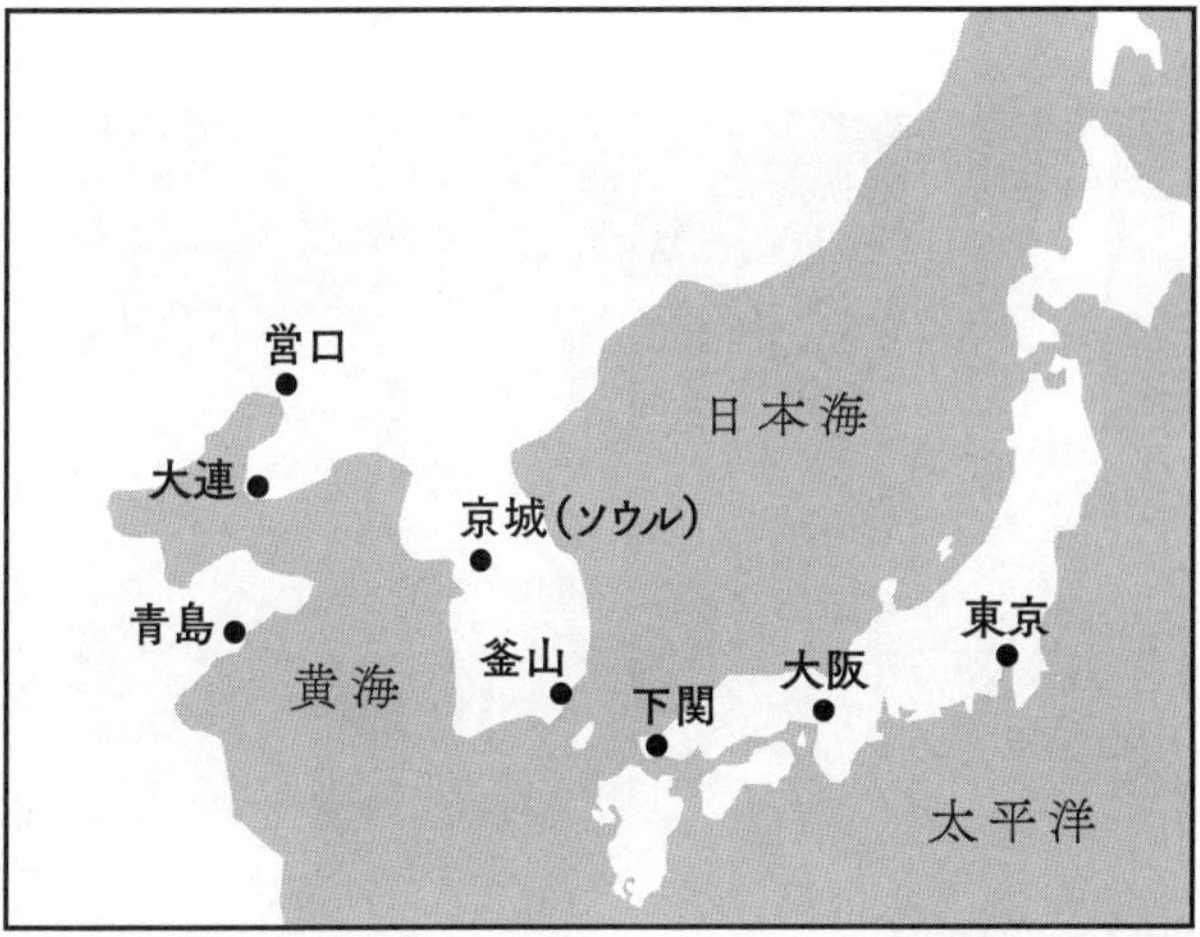

日本、朝鮮半島、満州

何か生き生きとして、暖かくて、愛らしくて、大切なものが急に消えてしまったさみしさ、がらんとした空虚なものをおぼえたことでしょう。

みすゞには、生き別れた弟を思う詩「曲馬《きょくば》の小屋」があります。

曲馬の小屋

金子みすゞ

楽隊《がくたい》の音にうかうかと、
小屋のまえまで来《き》は来たが、
灯《あかり》がちらちら、御飯《ごはん》どき、
母さんおうちで待っていよう。

再現された金子文英堂の店内

テントの隙《すき》にちらと見た、
弟に似たよな曲馬の子、
なぜか恋しい、なつかしい。

町の子供はいそいそと、
母さんに連れられて、はいってく。

柵《さく》にすがっとしみじみと、《ママ》
母さんおもえど、かえられぬ。

『美しい町』

母ミチは、金子家の生計を立てるために和裁をしていましたが、仙崎に書店を開きます。開業の資金は、雅輔を養子にもらった上山文英堂を営む松蔵の支援と思われます。店名は「金子文英堂」。もとは小さな間口の本屋でしたが、店先に雑誌、話題の本、文房具が並び、長門地区内外の学校の教科書も扱っていました。

テレビもラジオもない時代において、書店は、東京から最新の思想、流行、情報が届く窓口です。みすゞは子どものころから、毎日、活字に親しんで育ちます。

大正時代に花開いた雑誌文化

のちにみすゞは詩作を始めると、雑誌に投稿して発表します。詩人金子みすゞが誕生した背景には、雑誌文化が花開いた大正時代の文化があります。

雑誌は、もちろん、明治から発行されていましたが、大正期には、都市化の進行によって「サラリーマン」と呼ばれる中間層がうまれ、彼らを読者として、百万部発行の総合誌「キング」(4)といった国民的な雑誌が発行されます。

ちなみに現在、一部の漫画雑誌をのぞくと、百万部以上、流通する雑誌はありません。テレビやネットが登場する前、雑誌はマスメディアとして、大きな影響力を持っていたのです。総合誌は、ほかにも、作家の菊池寛《きくちかん》(5)が読み物誌として創刊した「文藝春秋」、吉野作造(6)が「民本主義《デモクラシー》」(7)を唱えて、大正デモクラシーを牽引《けんいん》した「中央公論」が人気を集めていました。

少年誌は、十数万部発行の「少年倶楽部」や、「日本少年」「少年世界」など。女性むけの雑誌も次々と創刊されます。全国に女学校が増えて、女子の進学率が高まったことで、雑誌や小説を購読する若い女性読者や、サラリーマンの妻である専業主婦が誕生したのです。

そこで、明治からある「婦人画報」「婦人之友」「少女画報」「婦人世界」「青鞜」などに加えて、進歩的な論調の「婦人公論」、最盛期には百万部をこえる大衆誌「主婦之友」、「婦人倶楽部」といった主婦雑誌、若い女性むけの「女学世界」「少女世界」「令女界」「少女倶楽部」「女性」など、まさに百花繚乱《ひゃっかりょうらん》です。

みすゞは二十になると、「婦人画報」「主婦之友」「婦人世界」「婦人之友」に詩を送り、掲載されます。こうした雑誌文化が花開いた大正時代に、本屋の娘だったみすゞは、山陰の仙崎に居《い》ながらにして、東京の最先端の文化に接していたのです。

大正十二年から、雑誌に詩を送っていたみすゞは、今なら、YouTubeで自作の詩や歌を披露して若者の人気を集めるアーティストにたとえることもできましょう。

詩人金子みすゞ誕生の背景には、大正時代の雑誌メディアの興隆《こうりゅう》があり、そして日本には、一般の読者が、自作の韻律詩歌《いんりつしいか》である俳句や短歌を新聞雑誌に投稿する世界でも希《まれ》な文化的な伝統、詩心を愛する国民性があったのです。

大正デモクラシーと「赤い鳥」

第一次世界大戦（一九一四〜一八）の戦禍を経《へ》たヨーロッパとアメリカでは、平和主義と自由主義の気運が広まります。日本でも、のちに「大正デモクラシー」と呼ばれるリベラルな気運が、政治、社会、文化、教育において広まります。

たとえば普通選挙(8)や、労働者、女性、子どもの権利をもとめる運動が巻き起こりました。さらに、子どもには一人ひとりに固有の人権と個性があるという考えから、児童の自由な心と感性をのびのびと表現する綴《つづ》り方(作文)、図画《ずが》といった新しい教育に関心をもつ教師と親が増えます。

それは明治の国家主義、すなわち富国強兵の国策に役立つ忠君愛国の少年、良妻賢母となる少女とは異なる児童観に基づいた自由主義の教育でした。

子どもの文芸にも、新しい動きが起きます。

それまでの児童書には、江戸時代からの仇討《あだう》ちによる人殺しを肯定する暴力的な物語、豪傑《ごうけつ》の武勇伝、立身出世の立志伝《りっしでん》、わが身を犠牲にして恩に報《むく》いる美談物、非科学的な恐怖小説などが、面白い読み物として流通していました。

そうした子どもの読み物を、夏目漱石門下の作家、鈴木三重吉(9)は、わが子の誕生をきっかけに、低俗だと考え、大正七年(一九一八)に、児童の文芸誌「赤い鳥」(10)を創刊します。

その刊行にむけて三重吉は、「芸術として真価ある純麗《じゅんれい》な童話と童謡を創作する最初の運動を起こしたい」と文学者に呼びかけています。

この理想に賛同して、泉鏡花《いずみきょうか》、野上弥生子《のがみやえこ》、芥川龍之介⑾、小川未明《みめい》、北原白秋⑿、島木赤彦《しまきあかひこ》⒀など、多くの小説家と詩人が原稿を寄せました。

さらに「赤い鳥」は、綴り方、詩、図画の投稿欄をもうけて、読者の参加をつのり、若い表現者の育成にもつとめたのです。

「赤い鳥」創刊号

童謡詩の誕生

童謡詩は、この「赤い鳥」から誕生します。

創刊の大正七年には、看板詩人の北原白秋がほのぼのとした「赤い鳥小鳥」を発表します。

赤い鳥小鳥

北原白秋

赤い鳥　小鳥、

なぜ〳〵赤い。
赤い実を食べた。

白い鳥　小鳥、
なぜ〳〵白い。
白い実を食べた。

青い鳥　小鳥
なぜ〳〵青い
青い実を食べた。

「赤い鳥」大正七年十月号

同年、詩人の西條八十は、一篇の幻想的なメルヘンさながらの「かなりあ」を発表します。

かなりあ

西條八十

――唄《うた》を忘れた金糸雀《かなりあ》は後《うしろ》の山に棄《す》てましょか。
――いえ、いえ、それはなりませぬ。

――唄を忘れた金糸雀は背戸《せど》の小藪《こやぶ》に埋めましょか。
――いえ、いえ、それもなりませぬ。

――唄を忘れた金糸雀は柳《やなぎ》の鞭《むち》でぶちましょか。
――いえ、いえ、それはかわいそう。

――唄を忘れた金糸雀は
象牙《ぞうげ》の船に、銀の櫂《かい》、
月夜《つきよ》の海に浮べれば
忘れた唄をおもいだす。

「赤い鳥」大正七年十一月号

かなりあ
西條八十

「かなりあ」掲載誌面
「赤い鳥」大正7年11月号

「赤い鳥」は、東京美術学校（現東京藝術大学）に学んだ画家の清水良雄《しみずよしお》(14)が表紙絵を手がけ、モダンでしゃれたセンス、子どもの夢を誘う画風が人気を集めます。

文学と美術がひとつに融合した美しい雑誌の芸術的な世界観は、子どもたちのみならず、大人たちの共感を呼び、最盛期には三万部を発行します。

「金の船」と「童話」の創刊

「赤い鳥」の好調をうけて、他社も追随《ついずい》します。

翌大正八年には、キンノツノ社が「金の船」(15)を創刊し、野口雨情(16)が看板詩人と童謡詩の選者をつとめます。

七つの子

野口雨情

烏《からす》　なぜ啼《な》くの
烏は　山に
可愛《かわい》七《なな》つの

子《こ》があるからよ
可愛《かわい》　可愛と
烏は啼くの
可愛《かわい》　可愛と
啼くんだよ

山の古巣《ふるす》に
いって見《み》て御覧《ごらん》
丸《まる》い目をした
い丶子だよ

「金の船」大正十年七月号

烏《からす》のカーカーという鳴き声は、子どもを「可愛《かわい》い　可愛《かわい》い」と啼いているのだという優しい着想に、ふるさとや田舎の山への郷愁もにじむ愛しい一作です。

続いて大正九年にはコドモ社が「童話」(17)を、大正十一年には東京社（現ハースト婦人画報社）が「コドモノクニ」(18)を創刊し、児童のための文芸誌が続々と世に出たのです。

それらの雑誌にも、専属の画家が創意工夫をこらした表紙を描き、誌面にも、たくさんのさし絵が描かれました。

「金の船」と「コドモノクニ」は岡本帰一《きいち》(19)、「童話」は川上四郎《しろう》(20)です。

大正時代の出版人が、子どものために芸術的な雑誌を作ろうと、いかに情熱を傾けたかが、しのばれる美しさであり、ページを開くたびに、作り手たちの熱気が伝わります。

ちなみに、今の日本には、学年雑誌はありますが、児童の文芸誌はありません。出版不況と少子化を考えると、紙の雑誌として発行される時代は、もはやないと思われます。その意味でも、複数の版元が子どもの文芸誌を手がけた大正期の出版文化は、特筆すべきものです。

「金の船」創刊号

「童話」創刊号

これらの雑誌には童謡詩の投稿欄があり、人気の詩人が選者をつとめました。「赤い鳥」は白秋、「金の船」は雨情、「童話」は八十。いずれも二十代から三十代の詩人です。「赤い鳥」が創刊された大正七年に、白秋は三十三歳、雨情は三十六歳、八十は二十六歳でした。

歌になった童謡、メディア・ミックスによる大流行

童謡詩は、当初は、活字で読む詩歌であり、歌ではありませんでした。

しかし子どもたちはその詩に好きな節回《ふしまわ》しをつけて歌い、やがて「赤い鳥」に、楽譜を載せてほしいという要望がよせられます。

そこで大正七年に八十が発表した「かなりあ」に、東京音楽学校を終えた若い作曲家の成田為三《なりたためぞう》(21)が曲をつけ、「かなりや」と改題して、「赤い鳥」に譜面《ふめん》を載せたところ、大評判となります。

「かなりや」は音楽になった童謡詩の第一号で、レコードとして発売されます。

以後、童謡詩は、活字で読む文芸であると同時に、音楽にもなります。さらに大正十四年からはラジオ放送が始まり、童謡のレコードがかけられます。

こうして、出版業界、音楽業界、放送業界という大資本のメディア・ミックスにより、

童謡は全国津々浦々に広まっていくのです。

今も愛唱される童謡の大半は、大正から昭和初期の童謡運動で作られたものです。白秋の「からたちの花」「揺籃《ゆりかご》のうた」、雨情の「雨降《ふ》りお月さん」「青い目の人形」、八十の「肩たたき」、三木露風の「赤とんぼ」など名曲がそろっています。

しかし童謡詩の音楽化は、その人気を高めたと同時に、活字で読む文学としては衰退していく一因ともなるのです。

「わらべ唄」「唱歌」と「童謡」の違い

童謡詩と唱歌、わらべ唄は混同されがちですが、明確な違いがあります。

そこで童謡詩を、わらべ唄、唱歌とくらべることで、童謡詩の先鋭的な特徴をご紹介したいと思います。

まず、わらべ唄。これは「かごめかごめ」、「ずいずいずっころばし」、「あんたがたどこさ」、「通りゃんせ」、「おしくらまんじゅう」、「棒が一本あったとさ」など、子どもの遊び唄です。

その歴史は古く、江戸時代には原型ができていたようです。大人の民謡に対して、わらべ唄は子どもの民謡であり、作詞家と作曲家は不明です。また学校で習うものではなく、子どもたちが遊びながら口伝えでおぼえ、歌詞は地域によって多少の違いもありま す。音階は、日本の伝統的なヨナ抜き（ドから四つ目のファと七つ目のシがない）です。
　これに対して唱歌は、明治以降に、政府が学校教育のために作った官製の歌です。明治政府は近代化と西洋化を進め、学校では音楽の授業を始めます。しかしそれまでの日本の歌は邦楽です。子どもに教える西洋の歌も、教科書もありません。
　そこで音楽教育のための歌が必要となり、唱歌が作られたのです。

朧月夜《おぼろづきよ》

作詞　高野辰之（〜一九四七）

一、
菜《な》の花畠《はなばたけ》に、入日薄れ、
見わたす山の端《は》、霞《かすみ》ふかし。
春風そよふく、空を見れば、
夕月かかりて、におい淡し。

『尋常小学唱歌　第六学年用』

唱歌には、春を耽美的に描いた「朧月夜《おぼろづきよ》」のほかに、「夏は来《き》ぬ」（卯の花の　匂う垣根に）、「もみじ」（秋の夕日に照る山もみじ）、「冬景色」（さ霧《ぎり》消ゆる湊江《みなとえ》の）など、日本の四季折々を情感豊かに詠《うた》う、名曲が数多《あまた》あります。

その一方で、ここに挙《あ》げた四曲にも見られるように、歌詞が文語体である、大人の心境を詠い、子どもの心を描いていないといった批判は、当時からありました。

たとえば「故郷《ふるさと》」（高野辰之作詞）の歌詞は、「兎《うさぎ》追いし彼《か》の山／小鮒《こぶな》釣りし彼《か》の川／夢は今も巡りて／忘れがたき故郷」と、郷愁に満ちています。

これは、郷里を離れた大人が、生まれ育ったふるさとを遠く懐かしむ心情であり、子どもの気持ちではありません。

国策の唱歌

さらに唱歌には、国家主義や軍国主義の歌詞もあります。

たとえば「われは海の子」（明治四十三年）（われは海の子白波

歌詞の内容	メロディ	長調・短調	制作者	特色
子どもの遊び	邦楽		民衆	子どもの民謡
大人の感慨、国策	洋楽風が多い	長調が多い	政府	官製の音楽教育の歌
子どもの素朴な感情と空想	邦楽風が多い	短調が多い	民間	芸術家による創作

の）の七番は、「いで大船を　乗出《のりだ》して／我は拾《ひろ》わん　海の富／いで軍艦に　乗組《のりく》みて／我は護《まも》らん　海の国」とあり、海軍に入って日本を守るという内容です。

かつては卒業式で歌われた定番曲「蛍の光」（蛍の光　窓の雪）も、戦後は三番と四番(22)はあまり歌われません。

三番は国民が心を一つにして国への忠誠を尽くそうと、四番は北海道の東にある国後《くなしり》や歯舞《はぼまい》を含む千島列島から沖縄までの領土を年かさの兄さん、護《まも》ってくださいと歌います。

ほかにも、日露戦争で日本海軍がロシア艦隊を撃沈させた「日本海海戦」（敵艦《てきかん》見えたり近づきたり）、「出征兵士」（行《ゆ》けや行けや、とく行け、我が子）、「入営を送る」（ますらたけをと生《お》い立ちて、国のまもりに召《め》されたる）など、政府の国策や戦争協力を、学校で児童に歌わせて、忠君愛国を教える唱歌もありました。

こうした唱歌と童謡詩の違いを、雨情は「金の船」に書いています。

［静さの中の美しさがなくては、芸術としての童謡にはなりま

わらべ唄・唱歌・童謡の違い

	主な時期	曲の例	作詞家	作曲家	歌詞の語調
わらべ唄	〜江戸時代	かごめかごめ、通りゃんせ	不明	不明	口語
唱歌	明治〜昭和終戦直後	故郷、蛍の光、桃太郎、朧月夜	作詞家	音楽家	文語
童謡	大正〜昭和戦中	かなりや、七つの子、この道	詩人	音楽家	口語

せん。皆さんのうちには、童謡と唱歌とを同じように考えている方があるかも知れませんが、それは大変な間違であります。もと〳〵童謡と唱歌とは、随分《ずいぶん》違って居《お》ります。童謡はどこ〳〵までも芸術的にゆかねばいけませんが、唱歌にはそれがありません。(略)童謡は、唱歌のようなガサツなものでは決してありません。」

「金の船」大正九年九月号「童謡の選後に」

北原白秋も、自身の童謡詩集『トンボの眼玉』(アルス出版、大正八年)のまえがきに書いています。

「この頃の子供たちになると、小さい時から、あまりに教訓的な、そして不自然極《きわま》る大人の心で詠《よ》まれた学校唱歌や、郷土的のにおいの薄い西洋風の翻訳歌調やに圧《おさ》えつけられて、本然《ほんぜん》の日本の子供としての自分たちの謡《うた》を自分たちの心からあどけなく歌いあげるという事がいよいよ無くなって来ているように思います。」

唱歌のメロディについては、明治初期に急いで作る必要があったため、古い作品には、海外の民謡に歌詞をつけたものもあります。

たとえば先にあげた「蛍の光」のほか、「庭の千草《ちぐさ》」、「埴生《はにゅう》の宿」、「霞《かすみ》か雲か」、「故郷の空」「蝶々」などは、もともとは欧米に伝わる曲です。

明治政府は、日本古来のわらべ唄は世俗的、俗謡的《ぞくようてき》であるとして、教育にとり入れませんでした。そのため唱歌のメロディは、日本的なマイナー調も避け、どちらかというと明るいメジャー調です。

子どもの心を詠う童謡詩

こうした唱歌に対して、二十代から三十代の詩人だった白秋、八十、雨情らが童謡詩を創作したのです。

まず言葉遣《づか》い。唱歌の大人の文語体に対して、童謡詩は、子どもの口語体（話し言葉）、言文一致体《げんぶんいっちたい》です。

童謡詩のメロディは、作曲家にもよりますが、「赤い靴」「月の沙漠《さばく》」など、日本的な短調の音階が一般的です。一方、昭和の戦時中になると、「かわいい魚やさん」「兵隊さんの汽車」など、元気な長調が増える傾向にあります。

詩の内容は、唱歌の大人の感慨《かんがい》や国策に対して、子どもの心情を描きます。

お母ちゃんがお留守でさびしいな、日がくれて怖いよ、お腹がすいたな、喧嘩して泣きたくなったよ、といった素直な気持ちであり、子ども心のナンセンス、いたずら心、ときには無邪気な残酷さも描きます。

つまり「良い子」の唱歌ではとりあげない、ありのままの人間的な感情を、詩心をこめて詠うのです。

大正時代の十代のみすゞは、家ではわらべ唄で遊び、学校では唱歌を習い、自宅の金子文英堂では東京で大流行の童謡詩を読みふけってすごしたのです。

みすゞ十六歳、母との別れ

「赤い鳥」が創刊された大正七年（一九一八）から大正九年にかけて、新型インフルエンザの「スペイン風邪」が世界的に大流行し、全世界の死者数は二千万人から四千五百万人（『日本を襲ったスペイン・インフルエンザ』速水融著、藤原書店、二〇〇六年）にも上りました。

日本では「流行性感冒《かんぼう》」と呼ばれ、国内では二千万人以上が罹患《りかん》、内地では四十五万人が亡くなります（同書）。

当時の日本の総人口は約五千万人ですから、人口が一億人だとすると、約九十万人が死亡したことになります。それほど深刻なパンデミックだったのです。

山口県も感染者が多く、みすゞが通う女学校は休校となります。

当時は電子顕微鏡がなく、病原体であるウィルスを見ることもできません。

医学が未発達で特効薬もない時代に、伝染病がひろがる社会不安のなか、素朴な子どもの心を自然な言葉でうたった童謡が人々の心をつかんだことは、不安な気持ちを癒やす力があったからではないでしょうか。

スペイン風邪が蔓延《まんえん》した大正七年、下関の上《うえ》山《やま》家では、妻のフジが仙崎で病死します。みすゞの母ミチの妹であり、雅輔の養母です。

そこで、妻を亡くした松蔵のもとに、みすゞの母ミチが嫁ぐことになりました。

上山家には、ミチの息子雅輔がいます。そこへ血のつながらない継母《ままはは》が来るよりも、実母のミチが後妻として入り、わが子を育てるほうが良いと、ミチも松蔵も考えたと思われます。

ただし、松蔵とフジは、雅輔を実の息子とし

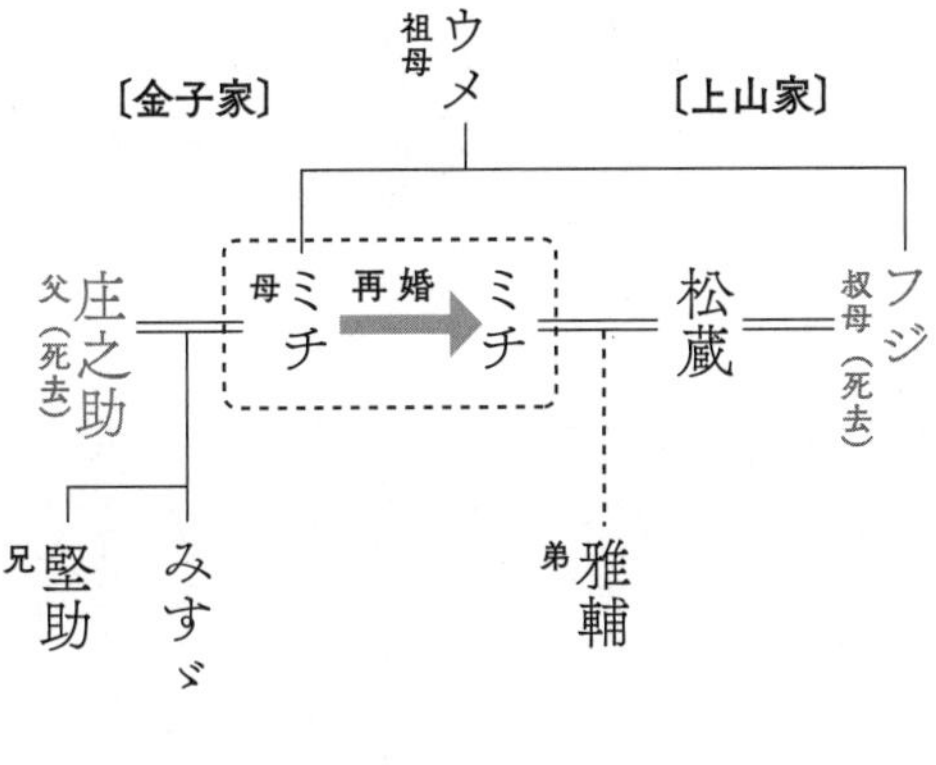

金子家と上山家、大正8年

て育てていたため、雅輔は自分が養子だとは知りません。彼は、実母のミチを母の姉、みすゞは母方のいとこだと思っていました。

一方、ミチが去った仙崎の金子家は、堅助、みすゞ、祖母ウメの三人になりました。長男の堅助は十八歳で、金子文英堂を切り盛りする若い店主です。しかしみすゞはまだ十六歳、女学校に通う少女です。

みすゞは二つで父と別れ、三つで弟と別れ、十六で母と別れたのです。仲のいい兄と祖母がいても、思春期の娘には、母にしか話せない気持ちもあります。父のいない寂しさを感じながら育ち、さらには母もいなくなった寂しさが、十六歳の胸には、ひとしお染《し》みたことでしょう。

みすゞの詩には、生き別れた親子の哀れ、母のない孤独をうたったものが何作もあります。

お乳《ちち》の川 (23)　　　　金子みすゞ

なくな、仔犬よ、

日がくれる。
暮れりゃ
母さんいなくとも、

紺の夜ぞらに
ほんのりと
お乳の川が
みえよもの。

『美しい町』

母のいない仔犬が寂しくてないている。日が暮れ、暗く翳《かげ》っていく夜空に、やがて乳色の天の川もかかろう……。

地上の仔犬から頭上の夜空にかかる遥《はる》かな銀漢《ぎんかん》への視点の移動、小さくて温かく柔らかな命と、大きくて冷たく硬質な夜空の星との対比というみすゞの詩の特長があらわれています。

親なし鴨《がも》

金子みすゞ

お月さん
凍《こお》る、
枯《か》れ葉にゃ
あられ、
あられ
降《ふ》っては
雲間の
月よ。

お月さん
凍る、
お池も
こおるに、

親なし
子鴨、
どうして
ねるぞ。

『美しい町』

月も凍るような寒さ厳しい冬の夜、地面の枯れ葉にパラパラ音をたてて硬いあられの粒が打ちつけ、夜空を流れるあられ雲の間から月が見え隠れする。水も凍りつく池に、親のいない小さな子鴨はどうやって眠るのだろう……。温めてくれる父鳥も、母鳥もいない寂しさ、寒さに思いをはせる詩人の心。

あられが音をたててふる冬の山陰の仙崎で、父と死に別れ、母も去ったみすゞ十六歳が一人ですごした夜の心もとなさが、孤独な子鴨に託されています。

読み手の意識は、空の月から地面の枯れ葉を叩くあられへ下り、また雲間の月へ上がり、また池の子鴨へもどります。

視点が天から地へ交互に変わりながら、この広い天と地の間にたった一羽でいる小さな鴨のいとけなさ、いじらしさが、胸に迫るのです。

みすゞ初期の名作「にわとり」

みすゞは、童謡詩壇の三大詩人であった白秋、雨情、八十の作品を熟読したものと思われ、彼らの詩へのオマージュ作品が散見《さんけん》されます。

みすゞの詩「にわとり」は、野口雨情の詩「鶏さん」を元歌にしています。

鶏さん

野口雨情

雛《ひよこ》の　母《かか》さん
親鶏《おやどり》さん
鳥屋に買われて
ゆきました
大寒《おおさむ》　小《こ》寒《さむ》で
寒いのに
親なし雛《ひよこ》に

なりました
雛《ひよこ》に別《わか》れた
親鶏さん
鳥屋《とりや》で淋《さび》しく
暮らすでしょう

「金の船」大正十年正月号

その翌々年、みすゞが「童話」に投稿した詩です。

にわとり

金子みすゞ

お年《とし》をとった、にわとりは
荒《あ》れた畑に立って居《い》る。
わかれたひよこは、どうしたか

畑に立って、思《おも》ってる

草のしげった、畑には
葱《ねぎ》の坊主《ぼうず》が三四本《ほん》

よごれて、白いにわとりは
荒れた畑に立っている

「童話」大正十二年十月号、佳作の七、西條八十選

牧歌的で素朴な雨情の詩に対して、みすゞの詩は、草の生いしげる荒れた畑にただ一羽、凛《りん》として立つ母鶏の峻厳《しゅんげん》さ、子を失った孤独を描いて、陰影も、余韻も深いものです。

みすゞ二十歳の詩才が発揮された初期の名作です。

詩人の視点は、まず荒れた畑を俯瞰《ふかん》し、次に雛《ひな》とわかれた親鳥の心を描き、まわりのまばらな葱坊主にうつり、最後にまた荒涼とした畑と一羽のにわとりを遠景にながめます。なにげない構成が、かえって老いて汚れたにわとりの姿を際だたせています。

ユーモラスな詩

みすゞには田園の風景をユーモラスに描いた作品も様々にあります。

石《いし》ころ

金子みすゞ

きのうは子供《こども》を
ころばせて
きょうはお馬《うま》を
つまずかす。
あしたは誰《たれ》が
とおるやら、
田舎《いなか》のみちの
石《いし》ころは
赤《あか》い夕日《ゆうひ》に

「童話」大正13年5月号

けろりかん。

「童話」大正十三年五月号、入選の二、西條八十選

石ころの転がる田舎道を、下駄《げた》で歩く子どもがけつまずいてころび、荷をひく馬が蹄《ひづめ》でつまずく。けれどその石は、夕陽に赤々と照らされながら、けろりとしている……。擬人化の巧みさで、石のすまし顔まで目に浮かぶようです。

みすゞは、二十歳になって下関へ行ってから詩作を始めます。その都市の風景を描いた詩もありますが、やはり彼女の詩の原風景は、ふるさと仙崎の漁師町と、あたりに広がる農村の情景です。

人間のために死んでいく魚の哀れ

みすゞが育った仙崎は小さな半島形の町であり、少し歩けば、すぐ浜へ出ます。実質的なデビュー作と言える詩「お魚」は、何の罪もないのに人に食べられる魚の哀れを、女の子のつぶやきのような言葉で綴《つづ》っています。

お魚《さかな》

金子みすゞ

海の魚はかわいそう。

お米《こめ》は人につくられる、
牛は牧場《まきば》で飼《か》われてる、
鯉《こい》もお池で麩《ふ》を貰《もら》う。

けれども海のお魚は
なんにも世話《せわ》にならないし
いたずら一《ひと》つしないのに
こうして私に食べられる。

ほんとに魚はかわいそう。

「童話」大正十二年九月号、推薦の一、西條八十選

「童話」大正12年9月号

みすゞは幼いころから、人が生きるために死んでいく魚の哀れを、生きものの命を奪

って生きていく「私」も含めた人間の業《ごう》の哀れを、つぶらな黒い瞳で見つめていたのです。

七五調の定型詩

これまで見てきたように、みすゞの詩は、七五調で書かれています。ここにあげた「大漁」「お乳の川」「にわとり」「石ころ」「お魚」は、七音・五音、七音・五音のくり返しです。

実は、みすゞに限らず、童謡、そして唱歌、校歌、軍歌、歌謡曲の詞の多くが、七五調です。八十の「かなりあ」も「唄を忘れた・かなりあは」「後《うしろ》の山に・棄《す》てましょか」と七五調です。

みすゞはたくさんの語彙《ごい》の引き出しをもっていて、詩が七音と五音になるように指折り数えながら、韻文《いんぶん》として創作したことがわかります。

七五調の特徴は、柔らかで優美であること、軽快な語感があることです。

これに対して五七調は、重々しく荘厳《そうごん》です。たとえば日本の国歌「君が代」はもとは和歌であり五音と七音、軍歌の「海ゆかば」も五音・七音から成り立っています。

やがてみすゞの詩は、七五調の定型詩から、非定型詩もまじえた作風へ変化していきます。このあたりは後半で解説します。

見えないものに想いをはせる

仙崎は日本海側にあり、冬は雲が低くかかり曇天が多く、時には雪もふります。本州の南に位置するため深く積もることはありませんが、今より冬の気温が低かった大正、昭和のころは、一面の銀世界になることもありました。

積った雪

金子みすゞ

上の雪
さむかろな。
つめたい月がさしていて。

下の雪
重かろな。
何百人ものせていて。

中の雪
さみしかろな。
空も地面《じべた》もみえないで。

『空のかあさま』(24)

夜、銀色の月光に、さえざえと照らされる「上の雪」の凍える寒さ。何百人もの人々を乗せて重さに耐えている「下の雪」のつらさ。冬の空も地面も見えない「中の雪」のさみしさ……。

私たちの目には見えない「下の雪」や「中の雪」にも、詩人は想いを寄せます。各連とも、行終わりを「雪」、「〜な」、「〜て(で)」でそろえて詩形を整えたなかに、こまやかな情感を、まるで独り言をそっとささやくように、私たちに語りかけているのです。何よりも冬の月夜にしんとひろがる仙崎の雪景色が寂寥をともなって私たちの胸に浮かびます。

鯨を弔《とむら》う伝統と心

仙崎のすぐ北にある青海島《おうみじま》の通《かよい》(みすゞの父の出身地)では、江戸時代から明治の終わりごろまで、捕鯨漁《ほげいりょう》が行われていました。

江戸時代の古い捕鯨では、湾に入った鯨を、大勢の船で追いこみ、さらに網《あみ》で囲いこんでから、銛《もり》でついて傷つけて弱らせ、息の根を止めます。

浜にあげた鯨は解体して、肉は食用に、鯨油《げいゆ》は灯油に、骨と内臓は肥料となり、「一頭捕《と》れば七浦がにぎわう」と言われるほど、大きな富をもたらすありがたい生きものでした。

ときに鯨の胎内から子鯨が出てくると、地元の人々はかわいそうに思い、生まれることなく命を落とした子どもの鯨の墓をたて、お経をあげて供養しました。

青海島の向岸寺《こうがんじ》には、十七世紀にたてられた鯨墓《くじらばか》があります。その裏には、七十胎以上の子鯨が埋葬されています。

こうした鯨の墓は、全国的にも珍しく、昭和十年に国の史跡に指定されています。この寺には、鯨の位牌《いはい》、子どもの鯨の過去帳があり、死んだ鯨の魂を慰めています。

みすゞの生まれ育った仙崎でも、春、鯨への感謝と慰霊の法要が、今も寺でとり行われます。仙崎と青海島に古くから根づいている漁で喪われた命への憐れみも、みすゞの詩の原風景なのです。

みすゞの母ミチが下関へ去った大正八年、仙崎湾に、二頭の鯨が入りこみ、みすゞの女学校では全校生徒が見学に出かけています。

仙崎湾

鯨母子の像、仙崎

みすゞには、鯨の法要を描いた詩「鯨法会《くじらほうえ》」があります。

鯨法会

金子みすゞ

鯨法会は春のくれ、
海に飛魚《とびうお》採れるころ。

浜のお寺で鳴る鐘《かね》が、
ゆれて水面《みのも》をわたるとき、

村の漁夫《りょうし》が羽織《はおり》着て、
浜のお寺へいそぐとき、

沖で鯨《くじら》の子がひとり、
その鳴る鐘をききながら、

死んだ父さま、母さまを、
こいし、こいしと泣いてます。
海のおもてを、鐘の音は、
海のどこまで、ひびくやら。

『さみしい王女』(25)

仙崎の海を血で赤く染めて死んでいった鯨の魂を弔《とむら》う鐘の音色が、寺から海へ響きわたるとき、みすゞは、大陸で死んだ父こいし、遠い下関へ嫁いでいった母こいしと、夕暮れの浜で、ひとり目を潤ませていたのでしょう。

みすゞが生涯抱き続けた癒やしがたい孤独(26)を、ふるさと仙崎と青海島の歴史的な風土のなかに、詩情豊かに詠いあげたみすゞの言葉が、しみじみとした哀切の念をよびおこします。

大切なことは、みすゞは自分の胸にたゆたう寂しさをじっと見つめ、七五調の詩に書いて、一つの作品として完成させている点です。

詩を書くことで悲しみが完全に消えることはないにしろ、会心《かいしん》の作に仕上がった喜びや満足感は、孤独を癒やしたのではないでしょうか。ましてやその詩が、敬愛する人気詩人の西條八十に選ばれて雑誌に載れば、天にものぼる心地だったでしょう。

　自分のさまざまな感情を詩歌にして発表する、文学へ昇華させる、自作が印刷されて活字になることは、みすゞの生涯を通じて、彼女の喜びであり、魂の救済だったと思います。

　逆に言えば、それが出来なくなったとき、彼女に悲劇が訪れます。

第二章

視点の逆転　想像の飛躍

〜投稿詩人の誕生

金子文英堂（復元）・仙崎

田舎と都《みやこ》の詩

轍《わだち》と子供

金子みすゞ

轍《わだち》は轢《ひ》くよ、
すみれの花を、
石を轢くように。
田舎のみちで。

子供はひろう、
ちいさな石を、
花を摘《つ》むように。
都《みやこ》のまちで。

『空のかあさま』

田舎の道では、すみれの花（芸術、美の象徴）が、ありふれた石ころのように馬車の車輪に轢かれていく。都会では、子どもが青いすみれの花でもつむように、きれいな石ころをひろいあげる。芸術というものに対する田舎と都会の対比がさりげなく、しかし明確に描かれています。第一連で、二度くり返される「轢《ひ》く」という言葉の残酷な強さが印象的な作品です。

仙崎を離れ、都会の下関へ

大正九年、みすゞは女学校を首席で卒業。金子文英堂の手伝いをしたのち、大正十二年春、二十歳になると、ふるさとの仙崎を離れ、山口県で最も大きな都市、下関へ出ていきます。

前年、兄の堅助が、松蔵の勧めで結婚し、妻が同居するようになったのです。戦前までの家制度において、金子家の戸主は長男、つまり堅助です。金子家は兄夫婦と祖母ウメの「家」であり、いずれ兄夫婦に子どもが生まれれば、みすゞの居場所はなくなり、肩身も狭くなるでしょう。みすゞは自活するか、他家へ嫁ぐかして、家を出なければなりません。

しかし女が自活するといっても、大正時代の田舎町では難しい。結婚するにも、仙崎ではなかなか縁談話がない。みすゞは「わが家」のない仙崎を離れ、母と弟がいる下関へ、新しい人生を求めて出て行きます。

もちろん堅助は仲のよい兄であり、みすゞは帰りたい時には帰省しています。しかし母も父もいない金子家は、もはやみすゞの安住の地ではありません。女学校時代の親友も外地へわたっていきました。みすゞは、居場所もなく、友もいなくなった生まれ故郷と訣別《けつべつ》して、下関へ移ったのです。

二十歳の若い娘として、華やかな都会での暮らしに、期待も抱いたことでしょう。その一方で、「上山家」は母の嫁ぎ先であり、「金子家」のみすゞは居候《いそうろう》のような立場です。

みすゞは、仙崎の家を去る前に、古い手紙《ふみがら》や帳面を片付けて燃やした悲しみ、行き場のないわが身の寄る辺なさを、詩に書いています。それは「おとむらい」として、その年の夏、「婦人画報」大正十二年九月号に載りました。金子みすゞ全集に収録されていない、ごく初期の作品です。

おとむらい　　　　金子みすゞ

ふみがらの、おとむらい、
鐘もならない、お伴《とも》もいない、
ほんに、さみしいおとむらい。

うす桃色のなつかしさ、
憎い、大きな、状《じょう》ぶくろ、
涙ににじんだインクのあとも、
封じこめた花びらも、
めらめらと、わけなく燃える、
焰《ほのお》が文字になりもせで、

すぎた、日のおもい出は、
ゆるやかに、いま
夕ぐれの空へ立ちのぼる。

「婦人画報」大正十二年九月号、選外佳作、西條八十選

みすゞの部屋の再現、記念館2階

みすゞの詩の原風景は、第一章で見たように仙崎です。しかしそれは懐かしい故郷であると同時に、もはや住む家の失われた故郷《ふるさと》でした。手紙も帳面もすべて燃やして灰にして、生まれ育った土地を離れたのです。だからこそみすゞは、郷愁をこめて仙崎の漁師町を描いたのです。

その一方で、彼女は村の共同体を離れて、小都会下関の匿名《とくめい》の一人になったからこそ、詩人金子みすゞという創作者へと脱皮することができたのでしょう。

下関の大書店、上山文英堂の店員に

今の下関は山口県の地方都市です。しかし江戸時代は、北前船（1）の交易で栄えた本州有数の港町であり、明治大正の鉄道と船舶の時代も、交通の要衝《ようしょう》でした。港に面した下関駅は、東京駅につぐ全国二位の乗降客数を誇る大都会だったのです。

というのも下関は、関門海峡をわたって、対岸の九州と通じています。さらに明治四十三年の日韓併合で日本の領土となった朝鮮半島の釜山《プサン》へむけて、下関の港から関釜《かんぷ》連絡船（2）が就航し、日本から朝鮮へわたり、その先は鉄道によって京城《けいじょう》（ソウル）、満州、さらにはヨーロッパへつながっていました。

経済においても下関は重要な位置を占め、日本銀行は、大阪についで西日本で二番目の支店を下関に開きます。当時の三井銀行、住友銀行など、都市銀行も支店をかまえました。三菱重工業の造船所、遠洋漁業のマルハ（マルハニチロ）といった企業や、外交と貿易の拠点として英国領事館と税関もありました。駅前には多くの商店と旅館、近代的な山陽ホテル、映画館、劇場、書店、楽器店、カフェ、西洋レストラン、芸妓《げいぎ》のいる花街もあり、当時の下関の歓楽街は「不夜城」と呼ばれたのです。

そんな都会へ、大正十二年四月、二十歳のみすゞは出て行き、母ミチと弟雅輔《がすけ》のいる上山家《うえやまけ》に暮らしたのです。

もっとも主《あるじ》の上山松蔵は、みすゞに対して、実母ミチを「奥様、御内儀《おかみ》さん」と、雅輔は「坊ちゃん」と呼ぶように言いつけています。松蔵にとってみすゞは、再婚した妻の娘というより、自分の店に雇っている従業員、使用人、という意識だったのでしょう。

上山文英堂《うえやまぶんえいどう》は西日本屈指の大書店でした。市内に複数の支店をかまえ、中国大陸の各地にひらいた支店は、第二次大戦の日本敗戦まで現地で営業されます。ちなみに雅輔は、戦争中の昭和十九年に青島《チンタオ》支店へ行っています。

上山文英堂は、本の販売だけでなく、新聞の取扱い、学校への教科書の販売、さらに出版事業も手がけていました。当時は軍事機密だった下関の市内地図、下関から大陸へ

関門海峡

旧三井銀行下関支店

旧下関電信局

松蔵生家、兵庫県丹波地方

青島の街並みを写した戦前の絵葉書。左側に「文英堂書店」の看板が見える。（写真提供：松蔵親族）

渡る日本人のための中国語会話書の刊行です。

店主の上山松蔵（みすゞの母ミチの再婚相手）は、幕末に、今の兵庫県丹波地方に生まれ(3)、十歳で大阪の本屋の丁稚《でっち》になってより、書籍販売一筋の人生を歩んでいます。彼が丁稚として奉公した本屋（現在の岡島新聞舗）の店主、岡島眞七《ましち》は、大阪と関わりの深い福沢諭吉と親しく、諭吉の啓蒙的《けいもうてき》な書物を扱い、文明開化運動にたずさわった知的な商人でした。眞七は、本の販売から、新聞販売業、印刷業、出版業へ事業をひろげます。松蔵はその経営手法にならったのです。

上山文英堂で、みすゞの職場は、下関電信局と向かい合った商品館にありました。商品館とは、今でいう専門店街のような場所で、そこに上山文英堂が出張店として二坪《ふたつぼ》ほどの小さな売り場を出していたのです。

みすゞは女学校を出たあと、兄が営む金子文英堂の店番をして手伝っていました。その経験を買われて、売店を一人で任されたのでしょう。小さな店先に、売れ筋の雑誌や新刊から何を選び、それをどのように並べるのか。そこに彼女なりの創意工夫と楽しみがあったはずです。客のいない時間には、様々な雑誌や本を読むこともできます。

ちなみに上山文英堂の本店には、米国詩人ロングフェロー(4)の訳詩集が売られていたことが、雅輔日記(5)に書かれています。みすゞの手の届く本棚に、国内外の著名な詩人たちの詩集が並んでいたのです。出版業も営んで書籍を発行している上山文英堂

雅輔日記の一部

雅輔日記

に働くみすゞが、やがて詩を書き、いつしか自分の詩集を出せたら……と夢を抱くのは自然な流れだったでしょう。

弟の雅輔と文学の交流

みすゞには、芸術の友にして、彼女の死後半世紀を過ぎてから『金子みすゞ全集』が世に出る協力をした重要な存在がいます。弟の上山雅輔《かみやまがすけ》です。

みすゞが下関に出る四年前の大正八年、母ミチが上山家に嫁いでから、上山家の雅輔は、下関商業学校の夏休みや春休みに、仙崎の金子家へ泊まりに来るようになり、兄堅助、姉みすゞと、「いとこ」として親しい交流が始まりました。

大正十年頃、雅輔が金子家の縁側で撮った写真があります。現在残っている写真としては二人で写る唯一のものです。みすゞ十八歳、学生帽の雅輔は十六歳前後と思われます。

十代の雅輔は、一言で言えば、芸術家気取りのお坊ちゃまでした。文学、音楽、演劇、映画を愛し、自分でも創作をする裕福な家庭の一人息子です。

彼も本屋の子であり、大正デモクラシーから生まれた新しい童謡詩に興味をもち、「赤い鳥」「金の船」「童話」を好んでいました。読むだけでなく、「赤い鳥」に載った芥川の短編小説を、芝居や映画のシナリオとして書く習作もしていました。のちに戦前と戦中の雅輔は、昭和の喜劇王・古川ロッパ（6）の劇団で、劇作家の菊田一夫（7）らとともに、ロッパの芝居の台本や劇中歌を書くようになります。

そんな雅輔は、二つ年上のみすゞとは文学の親友であり、気心が通じあっていました。写真を見ると、二人は黒々とした瞳も、豊かな丸い頰も、純真な心をうかがわせる表情もよく似ています。

雅輔は、養父の松蔵に溺愛され、百円もする高価な大型オルガン、大正琴、マンドリン、蓄音機、レコードなどを買い与えられ、楽器を弾き、クラシックのコンサートに出かけ、雑誌に載る童謡詩に曲もつけていました。後に雅輔は、白秋の詩「てんと虫」に曲をつけて「赤い鳥」に投稿。入選して楽譜が載ります。

また十六歳の雅輔は、白秋、雨情、竹久夢二らの

大正10年頃のみすゞと雅輔の写真、『みすゞと雅輔』単行本表紙

雅輔の回想録「年記」

詩にみずから曲を書いて、手書きの名詩集『金の鈴』を創っています。その中には、自分で書いた詩もあります。雅輔は昭和に入ると作詞家としても活躍します。戦前戦中は、岸井明が歌った「ダイナ」、轟《とどろき》夕起子の「お使いは自転車に乗って」、戦後は小畑《おばた》実の「あゝ、高原を馬車は行く」などのヒット曲があり、多数レコード化されています。少年時代から詩を書き、のちに作詞家となる弟の存在も、みすゞが詩を作り始める後押しとなるのです。

みすゞは、二人が愛読した白秋の詩「片恋《かたこい》」に曲をつけてほしいと雅輔に頼みます。『金の鈴』には、この歌詞が書かれています。

片恋

北原白秋

あかしやの金《きん》と赤とがちるぞえな。
かわたれの秋の光にちるぞえな。
片恋の薄著《うすぎ》のねるのわがうれい

「曳舟《ひきふね》」の水のほとりをゆくころを。

やわらかな君が吐息のちるぞえな。

あかしやの金と赤とがちるぞえな。


彼は作曲した楽譜を、みすゞに贈りました。この楽譜は、当時使われていた数字譜《すうじふ》です。鍵盤で弾いてみると、哀調にみちた短調の静かな美しい調べです。

さて、雅輔は、同居するみすゞのことを、どう思っていたのでしょうか……。

雅輔の日記と、大正十年から昭和四年までの主な出来事を一年ずつ書いた回顧録「年記」を読むと、他の女性には憧れと興味をよせて、若い男性らしい熱い想いを綴っていますが、みすゞについては、恋慕のたぐいは一切書かれていません。知的な会話ができる年上のいとこ（実際は姉）、文学の同志として接しています。そもそもみすゞは、最初から弟だとわかっています。雅輔も、みすゞが結婚するころには、姉と知ります。

雅輔が、大正十三年から昭和五年にかけて、みすゞに送ったはがき六十五通と書簡六通の計七十一通を、みすゞは保管していました。

それを読むと、雅輔は、大正十三年に、書籍見本市で父と上京した時、わずか十七日の旅行中に、八通もの葉書を下関のみすゞに送り、宝塚歌劇や、都会で見た映画、銀座散歩を得意げに書いています。

日頃の二人が、いかに演劇や芸術について熱心に語っていたか、さらにみすゞが文学だけでなく芝居や映画にも関心をもっていたことがうかがえる文面です。

雅輔は、みすゞの生涯を通じて、彼女に、芸術と創作の刺激を与える良き友、彼女の詩の最大の理解者、時にライバルでした。雅輔の存在が、詩人金子みすゞ誕生の後押しとなったのです。

詩作の修業

みすゞは、女学生時代から文才を発揮し、校内誌「ミサヲ」に作文を寄せていました。下関に出てきた大正十二年の春には、名詩集二冊を編んでいます。本屋勤めをいかして、多くの雑誌と詩集から気に入った詩を集め、手書きでノートに書き写したのです。一冊は、仙崎を離れる前に、親しい女友だちに贈った名詩集『こはれたぴあの』。もう一冊は、雅輔が集めた詩歌集『鈴蘭の夢』を、弟のために清書したノート。この書き写しは、結果的に、みすゞの詩作の修業となります。

一口に詩を書くといっても、いきなり良いものができるわけではありません。試しに、今、目の前に見える景色や気持ちを、七五調の言葉で、四行の詩として、詩情をこめて書いてみてはいかがでしょう。

文章修業の一つに、好きな作家の名文を書き写す方法があります。みすゞは心惹かれる詩人の作品を、ノート二冊分、万年筆で一文字ずつ書き写すことで、おのずと童謡詩を創作する技法を少しずつ、体得したのです。

たとえば七五調のリズム、童謡詩の語彙《ごい》、どんな言葉をひらがなで、また、漢字で書くのか、第一連から第二連、第三連と展開させていく手法、視点の変化、想像力の膨らませ方、童謡詩ならではの幻想、比喩のテクニック、そもそも童謡詩とは何なのか……。

童謡詩とは何か

みすゞが読んでいた雑誌「童話」に参考になる記事があります。

西條八十は「童謡《どうよう》を書く態度」と題して、六頁にわたって「童話」大正十一年十月号に寄稿しています。彼は選者であり、童謡欄の投稿者にむけて書かれたものです。

当時のみすゞは、仙崎の金子文英堂に暮らしていました。詩作を始める半年前ですが、八十の愛読者であり、心して読んだと思われます。

童謡の定義は「詩としての優れた芸術的価値を持ちながら」「児童に与えて誦《しょう》せしむるに適《ふさ》わしい歌」であるとしています。

詩作については、「詩人の芸術的道念《どうねん》が、平素の詩作の場合とおなじく、隅々《すみずみ》まで透《とう》徹《てつ》していること」、また童謡を作ることが作者自身の歓びであり、「読者である児童とが共々《ともども》にそれによって歓喜を味《あじわ》い得《う》るのが童謡なのである」と書いています。

外国の童謡詩人が描く心情には、「大人の心持《こころもち》と児童の心持との一致点」「たとえば遠い未知の世界に向っての思慕《しぼ》、郷愁、現在の生活に対する不満懊悩《おうのう》、失われたるよきものに就《つい》ての追懐《ついかい》」がある。

これに対して日本の童謡は、子どもはこういうものだと思いこんで書かれている。児童の心は「表面より見る如《ごと》くしかく単純なものではなく、その胸には成人《おとな》に測《はか》られぬひそかなる憂愁《ゆうしゅう》、又は意外なる辺《へん》に源《みなもと》を持つ歓喜が蔵《ぞう》されていることを覚《さと》るべきである」としています。

みすゞ自身は、童謡詩をどのように考えていたでしょうか。

雅輔日記によると、みすゞ本人の日記があったようですが、平成元年に雅輔が亡くなった後は、所在不明となっています。そのため彼女が童謡詩についての考えを記した文章は、現段階では見つかっていません。

しかし私は彼女の詩を二〇〇一年から読み続け、彼女の童謡観を推測して、小説『みすゞと雅輔』に、彼女が雅輔に語る台詞として書きました。

「『ほんものの童謡って、どういうもんだろって、このごろ私、考えるんよ』と、彼女は静かに切り出した。『私は、童謡は、子どもを主人公にした詩だと思っちょる。私はもう大人になったけど、小さな女の子だったころの気持ちに立ちかえって、あのころの限り無く自由だった想像力、あらゆるものが不思議で魔法のようだったときめきを思い出して、子どもの想いを書きながら、そこに大人が忘れていた純真な情緒と、はっとする新鮮な技巧を盛りこんで創る詩だと思っちょるんよ。読む人が自分の心の中に静かな湖のあることに気づくような、そこに小石を投げて水の輪が音もなく広がっていくような、この世界は美しくて優しいと気づくような詩を書きたい。子どもの心と子どもの目に映る世界を、新しい感覚で描き出す芸術に挑戦したいと、考えちょるとこだよ』」

詩作を始めて、投稿詩人に

みすゞが下関に来た春、雅輔は下関商業学校を卒業して、上京します。東京日本橋の大書店で働きながら仕事を学ぶためです。月に二日の休みには、当時一世を風靡《ふうび》していた浅草オペラ（8）や、徳川夢声《むせい》（9）らが弁士を務める無声映画の活動写真館へくり出しました。

雅輔がいなくなり、一人になったみすゞは、大正十二年の春から詩を書き始め、雑誌へ投稿します。

今判明している限りでは、「金子みすゞ」という筆名が載った最も古い雑誌は、大正十二年七月に発行された「婦人倶楽部」（講談社）八月号です。芥川龍之介や菊池寛の小説が載り、発行部数が多い人気の雑誌でした。

その投稿欄に、「選外佳作」として「下関　金子みすゞ」とあります。落選のため、作品の掲載はなく、何を送ったのかわかりませんが、選者は、みすゞが最も敬愛する西條八十です。少なくとも八十の目に止まったのです。

翌八月には「婦人倶楽部」「金の星」「婦人画報」「童話」の四誌に、みすゞの詩五作が一挙掲載されます。

その内訳は、「金の星」九月号に雨情選で「八百屋のお鳩」、「婦人画報」九月号に八十選で「おとむらい」、「婦人倶楽部」九月号に同じく八十選で「芝居小屋」が印刷されたのです。「童話」九月号には「お魚」「打出《うちで》の小槌《こづち》」が、八十選で載ります。

打出の小槌

金子みすゞ

打出の小槌を貰《もら》ったら
私は何を出しましょう。
羊羹《ようかん》、カステラ、甘納豆《あまなっとう》
姉さんとおんなじ腕時計、
まだ〳〵それより真白《まっしろ》な
唄の上手《じょうず》な鸚鵡《おうむ》を出して、
赤い帽子の小人を出して
毎日踊《おどり》を見ましょうか。

いいえ、それよりお話の
一寸法師《いっすんぼうし》がしたように
背丈《せたけ》を出して一ぺんに
大人《おとな》になれたらうれしいな。

「童話」大正十二年九月号、推薦の二、西條八十選

みすゞが作品を投函した下関南部町郵便局、明治時代の建物

「童話」大正11年10月号

「金の星」大正12年9月号

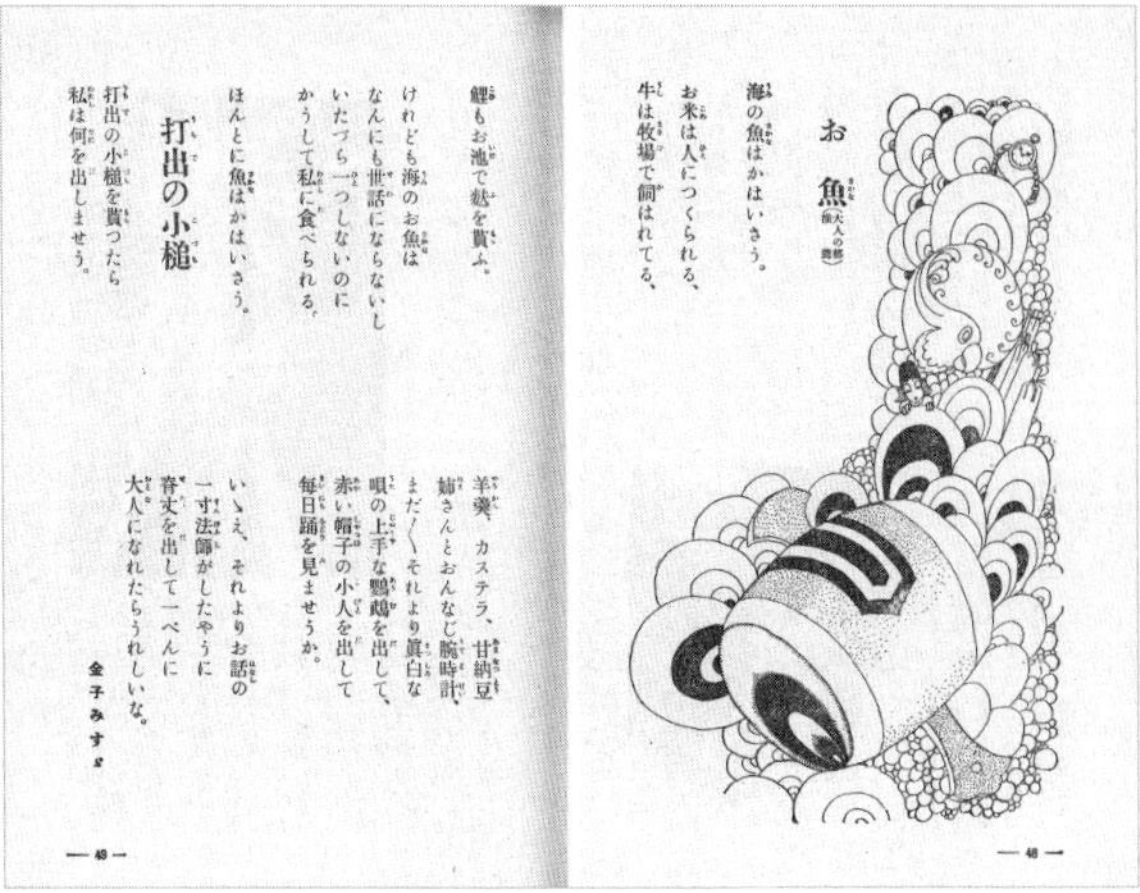

お魚《さかな》（大人の部推奨）

海《うみ》の魚《さかな》はかはいさう。

お米《こめ》は人《ひと》につくられる、
牛《うし》は牧場《まきば》で飼《か》はれてる、
鯉《こひ》もお池《いけ》で麩《ふ》を貰《もら》ふ。

けれども海《うみ》のお魚《さかな》は
なんにも世話《せわ》にならないし
いたづら一《ひと》つしないのに
かうして私《わたし》に食《た》べられる。

ほんとに魚《さかな》はかはいさう。

打《う》出《で》の小槌《こづち》

打《う》出《で》の小槌《こづち》を貰《もら》つたら
私《わたし》は何《なに》を出《だ》しませう。

羊羹《やうかん》、カステラ、甘納豆《あまなつと》、
姉《ねえ》さんとおんなじ腕時計《うでどけい》、
まだ／＼それより眞白《まつしろ》な
唄《うた》の上手《じやうず》な鸚鵡《あうむ》を出《だ》して、
赤《あか》い帽子《ぼうし》の小人《こびと》を出《だ》して
毎日《まいにち》踊《をどり》を見《み》ませうか。

いゝえ、それよりお話《はなし》の
一寸法師《いつすんぼふし》がしたやうに
脊丈《せたけ》を出《だ》して一ぺんに
大人《おとな》になれたらうれしいな。

金子みすゞ

— 48 —　— 49 —

「お魚」「打出の小槌」掲載誌「童話」大正12年9月号

女の子が打出の小槌をふって、すてきなものが次々とあらわれる楽しさ。おいしい羊羹にカステラ、甘納豆のお菓子、お姉さんと同じすてきな腕時計、唄をうたう白い鸚鵡、そして踊る小人……。

第二連の終わりでは、物語めいた世界へうつり、第三連では、小さな人からつながるように、お伽噺《とぎばなし》の一寸法師へ。

一寸法師は、一寸、つまり三センチメートルほどの背丈で、縫い針を刀にして都へのぼり、鬼を退治して、鬼がのこした打出の小槌をふるったところ、背がのびて立派な若者になり、姫さまと結ばれ、幸せに暮らしました、という古い物語です。

お伽噺の絵本を読んでいた当時の子どもたちにとって、「打出の小槌」といえば、一寸法師の胸のすくような出世物語であり、その連想をいかして、みすゞの詩は現実から物語へ、お伽噺へと広がる展開が鮮やかです。よく考えられたタイトルと構成です。

掲載された場所は、巻末の読者からの投稿欄ではなく、本文《ほんもん》ページに見開きで印刷され、大きなさし絵も入っています。目次にも「金子みすゞ」と名前が入る特別の待遇でした。

「童話」九月号の選評で、八十は絶賛しています。

［大人の作では金子さんの『おさかな』と『打出の小槌』に心を惹《ひ》かれた。言葉や調子のあつかい方にはずいぶん不満の点があるがどこかふっくりした温かい情味が謡《うた》全体を包んでいる。この感じはちょうどあの英国のクリスティナロゼッティ女史のそれと同じだ。閨秀《けいしゅう》の童謡詩人が皆無（10）の今日、この調子で努力して頂きたいとおもう。］

東京から遠く離れた下関に暮らす二十歳のみすゞにとって、第一詩集『砂金』が版を重ねて人気を集める詩人の八十に激賞され、天にも昇る心地だったでしょう。中央詩壇にわずかでもつながった手応《てごた》えもおぼえたことでしょう。

みすゞは、八十に高評された感激を、すぐさま編集部に書き送っています。それは「童話」大正十二年十一月号（十月発売）の読者通信欄に載りました。

［童謡と申すものをつくり始めましてから一ケ月、おずくと出しましたもの。落選と思い決めてそれを明らかにするのがいやさに、あぶなく雑誌を見ないですごす所でした。嬉しいのを通りこして泣きたくなりました。ほんとうにありがとうございました。（下関市、金子みすゞ）］

八十によるみすゞの詩の論評

八十の批評には、三つの重要点があります。

一つは「言葉や調子のあつかい方にはずいぶん不満」があるという点。これは八十がみすゞ作品に対して、その後も幾度か与える指摘です。みすゞの詩は、当時の詩歌の高踏派《こうとうは》の言葉ではなく、平易な口語です。その辺りの工夫を、八十は促《うなが》しています。しかし私は、この易しい言葉づかいのために、みすゞの詩は二十一世紀の今も古びることなく読まれていると考えています。

二つ目に、「クリスティナロゼッティ」（クリスティーナ・ロセッティ(11)という表記が一般的）のような「ふっくりした温かい情味」があると褒《ほ》めている点。

みすゞの世界には、なんとも言えないふくよかな情感があり、その温もりは類いまれな美点です。八十はロセッティの詩を訳して、複数の雑誌に紹介しています。

風

クリスティナ・ロセッティ作　西條八十訳

誰《だあれ》が風を見たでしょう？

僕もあなたも見やしない。
けれど木《こ》の葉を顫《ふる》わせて
風は通りぬけてゆく。

誰《だあれ》が風を見たでしょう？
あなたも僕も見やしない。
けれど樹立《こだち》が頭をさげて
風は通りすぎてゆく。

「赤い鳥」大正十年四月号

みすゞは大正十四年から自分で編纂《へんさん》したアンソロジー『琅玕集《ろうかんしゅう》』(12)に、ロセッティの詩（竹友藻風《たけともそうふう》訳）を入れています。

「女性の童謡詩人は皆無」

三つ目は、閨秀《けいしゅう》詩人、つまり女性の童謡詩人が皆無であると書いている点。

「童話」の投稿欄を見ると、毎月のように選に入る実力ある投稿家のうち、女性はみすゞのみです。

童謡詩に限らず、明治大正の文学史を紐《ひも》とくと、女性の詩人については、ほとんど書かれていません。日本の近代詩の歴史に女の詩人が位置づけられていないのです。

実は、明治時代まで、今でいう「詩」は日本にありません。日本の詩歌は、和歌、俳《はい》諧《かい》、漢詩です。

しかし明治以後、西洋詩の翻訳により、新しい詩という意味の「新体詩《しんたいし》」が始まります。米国詩人ロングフェローや、英国詩人テニスン(13)などの詩を訳したものや、外山《とやま》正一《まさかず》(14)らが七五調の詩を創作した『新体詩抄《しんたいししよう》』(一八八二)があります。

続いて、森鷗外らの訳詩集『於母影《おもかげ》』で、詩は西洋文学として深まっていきます。

これに影響をうけて、島崎藤村《しまざきとうそん》の『若菜集《わかなしゆう》』(15)、上田《うえだ》敏《びん》が欧米の詩を訳した訳詩集『海潮音』、北原白秋の『邪宗門《じやしゆうもん》』、高村光太郎の『道程《どうてい》』、宮沢賢治の『春と修羅《しゆら》』、佐藤春夫の『殉情詩集《じゆんじよう》』などへ続きます。しかしこうした詩壇の歴史で、女の詩人が、その流れに沿って体系的に論じられることはあまりありません。

もちろん女の詩人はいました。深尾須磨子(16)、高群逸枝《たかむれいつえ》(17)、竹内てるよ(18)、八十に師事した英美子《はなぶさよしこ》(19)などです。

しかし彼女たちは「閨秀詩人《けいしゆう》」とされました。つまり女性の詩人は、女流《じよりゆう》であって、詩という文学の本流ではなく、亜流《ありゆう》、別枠の扱いです。

女性の詩人が男性と同じように評価されない時代において、みすゞが詩人として世に出ていく難しさは、詩を書き始めた当初からつきまとっていたのです。実際にみすゞは詩集を一冊も出せないまま世を去ります。

たとえば歌人の与謝野晶子(20)は多くの童謡詩を雑誌に書きましたが、晶子ですら生前に童謡詩集は刊行されませんでした。

童謡詩の三大巨星、白秋、八十、雨情

そんな時代にあっても、みすゞは精力的に詩作と投稿を続けます。現在判明している所では、生前に雑誌に載った作品は約九十作。落選もあるため、百通以上のはがきを、大正十二年から亡くなる前年の昭和四年までの七年間に、複数の出版社に送ったのです。

一口に童謡詩人といっても、白秋、八十、雨情はそれぞれ異なる作風、童謡観をもっていました。

北原白秋の童謡は、「赤い鳥小鳥」に見られるように、素朴で平明であり、リズミカルな言葉づかいで歌になりやすい魅力があります。また「この道」などに見られるように独特の異国情緒もあります。

西條八十は象徴派の詩人であり、心情を洒落《しやれ》た西洋趣味とロマンチックな比喩、空想

をもちいて描きます。

海にて　　　　西條八十

星を数うれば七つ、
金の燈台《とうだい》は九つ、
岩陰に白き牡蠣《かき》かぎりなく
生るれど、
わが恋はひとつにして
寂し。

第一詩集『砂金』大正八年

詩人はまず高い夜空に光る星を見上げ、つぎに視点は地上に下りて岸辺に光る灯台へ、さらに視線は海の中へもぐり、岩陰の白い牡蠣へ、最後に若き詩人の想いはむくわれぬ恋へ転じます。
銀にまたたく星は七つ、金色の燈台は九つ、白い牡蠣は数かぎりなく、恋はひとつ、という色と数のリズム、繊細にして甘美な詩のうるわしさ、恋の感傷の物憂さ……。
八十と同い年の作家、芥川龍之介が絶賛した作品です。この第一詩集により八十は文名をあげます。視点の移動と豊かな空想は、八十の詩の特長でもあり、みすゞは大きな影響をうけています。

そして野口雨情は、「七つの子」「雨降りお月さん」など、日本の農村の土着的で哀愁に満ちた作風で際立っています。

そこで読者も、白秋派、八十派、雨情派に分かれ、雅輔は白秋派、みすゞは八十派でした。彼女は八十の詩の影響をうけていたため、八十が選者をつとめる「童話」に毎月のように投稿したのです。

みすゞの詩の特徴〜視点の逆転、想像力の飛躍

みすゞの詩の優れた特徴の一つに、視点の逆転があります。
第一章でとりあげた「大漁」では、豊漁の歓喜にわく人々の熱気みなぎる朝焼けの浜辺から、一転して、暗い海中の空虚な鰮《いわし》の弔《とむら》いへ変わります。視点の逆転の手法で書か

れた作品に、豊かな実りがあります。
次の詩は、一つの連のなかに、それぞれ視点の逆転があります。

さよなら

金子みすゞ

降《お》りる子は海に、
乗る子は山に。

船はさんばしに、
さんばしは船に。

鐘《かね》の音《ね》は鐘に、
けむりは町に。

町は昼間に、
夕日は空に。

私もしましょ、
さよならしましょ。

きょうの私に
さよならしましょ。

『美しい町』


第一連では、船を降りる子が海にさよならを、船に乗りこむ子は、山に別れを告げる。

第二連は、岸を離れていく船はさんばしに、さんばしは船にさよならをする。

第三連は、船の去った町で、おそらくは寺の夕暮れの鐘の音が、鐘から離れ、家々から立ちのぼる夕餉《ゆうげ》の淡い煙が、町と別れる。

第四連では、暮れていく町は昼間に別れを告げ、夕日は空にさよならをして沈んでいく。こうして一日が終わり、「私」も、今日の「私」とさよならをする。

波止場に着いた船から子が降り、また新たな子どもが乗り、やがて船が岸を離れ、町は夕闇に包まれていく……。一連ずつに視点の逆転があり、そこに時間の推移も描いた秀作です。こういう着想はなかなか出てくるものではありません。

天才的なひらめき、着想と空想の豊かさ

次の詩も、視点の逆転が見事です。

蜂《はち》と神さま　　　金子みすゞ

蜂はお花のなかに、
お花はお庭のなかに、
お庭は土塀《どべい》のなかに、
土塀は町のなかに、
町は日本のなかに、
日本は世界のなかに、
世界は神さまのなかに。

そうして、そうして、神さまは、
小ちゃな蜂のなかに。

「愛誦」昭和二年十月号

詩人、そして読み手の視点は、蜂から花へ、庭へ、土塀へ、町へ、日本へ、世界へ、そのすべてを創った神へ広がり、最後にまた小さな蜂の体内へ収斂《しゅうれん》します。詩の技巧をこえて、みすゞの世界観、壮大な宇宙観は、ある種、宗教的な荘厳さすら感じさせます。

この作品にも、みすゞが参考にしたと推測される詩があります。彼女が毎号愛読した「童話」の復刻版全七十五冊を読んでいたところ、たまたま見つけた作品です。コドモ社の編集者で、のちに童話作家となる水谷まさる(21)が英国の児童詩を訳したものです。タイトルの記載はありません。

子供の作った英国童謡

ウィンダム・テンナント作　水谷まさる訳

お丶手拭《てぬぐ》いとお風呂
お風呂と石鹼《しゃぼん》
石鹼は脂肪から
脂肪は豚から

豚は麩《ふすま》で飼い
麩を使って腸詰《ちょうづめ》を作る
人は腸詰を食べ　神さまは人を生む。

「童話」大正十三年一月号

「童話」大正13年1月号

この詩に水谷は解説をつけています。

「この童謡の最初には、「よく〳〵考えてごらん、あらゆるものは何かにつながりを持っている。」という一句が書いてあります。謙遜《けんそん》な宗教的な気持が、この童謡に溢《あふ》れているのを、誰《たれ》しも見のがしてはなりません。」

作者である子どもは、「あらゆるものは何かにつながりを持っている」という観点から、手拭い（タオル）→お風呂→石鹸→脂肪→豚→麩→腸詰→人→神さまへ、視点と意識を移動させていきます。英国の日常生活の細々がユーモラスに伝わり、また、すべては神が作り、神のもとにあるという敬虔《けいけん》な心持ちも奥ゆかしいものです。みすゞの「蜂と神さま」は、視点の移動、結末の神さまが、この詩と一致しています。

みすゞも「あらゆるものは何かにつながっている」という観点から、この詩を書いています。

ただし、「蜂と神さま」の方が、思考の展開が整っており、小さな蜂のなかに全世界があるとする結末に、哲学的な深まりがあります。

いずれにしても、これが載った大正十三年、下関で書店員をしていたみすゞが、東京から店に届く雑誌「童話」の隅々《すみずみ》まで目を通しながら、詩のアイディアを探して、草案を練っていたことがわかります。

みすゞには、さらに凝った構成の作品もあります。

もういいの

金子みすゞ

——もういいの。
——まあだだよ。
枇杷《びわ》の木の下と、
牡丹《ぼたん》のかげで、
かくれん坊《ぼう》の子供。

――もういいの。
――まあだだよ。
枇杷の木の枝と、
青い実のなかで、
小鳥と、枇杷と。

――もういいの。
――まあだだよ。
お空のそとと、
黒い土のなかで、
夏と、春と。

「童話」大正十五年五月号、佳作、西條八十選

ここには三つのかくれん坊が描かれます。
第一連では、子どもたちが、枇杷の木の下と牡丹の茂みでかくれん坊をして遊んでいる。これは目に見える現実の世界です。

第二連では、視点は枇杷の木の枝にあがり、枇杷の実と小鳥が、葉のなかでかくれん坊をしている。童謡らしいファンタジーの世界です。

第三連では、視点はさらに高く上がり、青空のそと（つまり宇宙でしょうか）と黒い大地のなかで、夏と春のかくれん坊をしている、という壮大な世界へ広がります。

枇杷の実は、晩春から初夏にかけて色づきます。小さな生きもののたちのかくれん坊のほほえましさ、枇杷のほのかな甘い香り、可憐《かれん》な遊びのなかに、幼な子の育っていく命、果実が実り、小鳥が生きている自然の営み、春が終わり夏が始まる天と地の大きな世界を表出した一篇に、みすゞの天才的なひらめきが、凝縮されています。

清楚にして華やかな空想

関門海峡に面した下関の夕景を描いた美しい一篇もあります。

紋附《もんつ》き

金子みすゞ

しずかな、秋のくれがたが

きれいな紋つき、着《き》てました。

白い御紋《ごもん》は、お月さま
藍《あい》をぼかした、水《みず》いろの
裾《すそ》の模様《もよう》は、紺《こん》の山
海はきら〳〵、銀砂子《ぎんまなご》。（註「童話」では、ぎんまなごとルビ）。

紺《こん》のお山にちら〳〵と
散《ち》った灯《あか》りは、刺繡《ぬい》でしょう。

どこへお嫁《よめ》にいくのやら
しずかな秋のくれがたが
きれいな紋つき着てました。

「童話」大正十三年一月号、佳作、西條八十選

下関から望む関門海峡に広がる日暮れの風景を、紋附きのきものにたとえて、一幅《いっぷく》の澄んだ水彩画を見るようです。

空にのぼる丸い月は、和服の背中心の白い家紋です。まだ明るい水色の空から、裾へむかって藍色《あいいろ》の山々へと濃くなり、さらに暗い関門海峡は、ちらちらと銀砂子のような輝きがあります。対岸の門司やその背後の九州の山にまたたく灯りは、つややかな刺繍糸で縫った文様《もんよう》……。

暮れていく空と山、残照にきらめく海の夕景を、優雅な紋附きのきものをまとった花嫁にみたてた、清楚にして華やかな空想の一篇です。美しい装束や婚礼に心惹かれる年ごろの娘らしい詩とも言えましょう。

新しい都市のモダンな風景

みすゞには、モダンな都市文化を描いた作

下関から対岸の九州門司を望む

品もあります。彼女が働き、詩を書いた下関は、昭和初期には、英国など八カ国の領事館があり、複数の映画館(22)、劇場、書店の多い文化的な町でした。さらにフォード式の自動車が走り、空には飛行機が飛ぶ時代でした。

キネマの街

金子みすゞ

あおいキネマの
月が出て
キネマの街《まち》に
なりました。

屋根に
黒猫
居《い》やせぬか。

こわい
マドロス

来やせぬか。
キネマがえりに
月が出て
見知らぬ街《まち》に
なりました。

『空のかあさま』

キネマ（映画館）が、邦画やハリウッドの白黒映画をかけ、異国のマドロス（水夫）の闊歩《かっぽ》する下関の港町の情景を、どこか幻想的に、かつ都市の孤独のにじむモダンなタッチで描いています。みすゞには自動車、飛行機、コンクリートのビルディングといった新しい文明の風俗を描いた詩もあります。

下関に来たみすゞは、町の雑踏の中の一人となりました。もし仙崎で「お魚」を発表すれば、「金子文英堂の娘のテルが海の魚はかわいそうと書いちょったで……」と漁師たちが噂するかもしれません。しかし下関では、家族や親類はいるものの、都市の孤独と解放感が、彼女を自由な詩人たらしめたのです。

「女の子らしさ」への疑問

女の子　　　　　　金子みすゞ

女の子って
ものは、
木のぼりしない
ものなのよ。

竹馬乗ったら
おてんばで、
打《ぶ》ち独楽《ごま》するのは
お馬鹿《ばか》なの。

私はこいだけ
知ってるの、

だって
一ぺんずつ
叱られたから。

『空のかあさま』

女の子は木登りをしない。女の子が竹馬に乗ると「おてんば」と、打ち独楽《ぶ》をすると「お馬鹿」と言われる。男の子が木登り、竹馬、打ち独楽で遊んでも叱られない。

当時の旧憲法に「両性の平等」の規定はありません。さらに民法では、女性には親権も財産権もありません。女性には参政権もありませんでした。

こうした制度や法律、人々の意識にある女性差別の撤廃をもとめる論調が、大正デモクラシーの時代に盛りあがり、たとえば「婦人公論」(23)は「自由主義と女権の拡張を目ざす」というスローガンをかかげていました。そうした雑誌が、書店員だったみすゞの元に、毎月、届いていたのです。

この詩で、みすゞは、ジェンダー、つまり文化的な性差への素朴な疑問を、胸にしまうのではなく、詩という作品にして書いています。「女の子らしさ」への疑問を思うことと、それを言葉にして書き、東京の雑誌社に郵送して、活字にすることには、大きな飛躍があります。みすゞにはそうした野心的な試みをする一面があったのです。

しかもみすゞは子どもの言葉で、表しています。子どもが読むことを想定した上で、子どもがわかるように書いているのです。

しかし彼女は、後の章で見るように、こうした抑圧の中で生きていく人生を選んでいます。

一九二〇年代の日本で、女性と女の子がうけていた有形無形の抑圧に疑問を呈《てい》しつつも、それに逆らわずに生きたみすゞ。そう生きるしかなかった多くの女性たちがいたことを、彼女たちの無言の胸中を、私たちは想像する必要があると思います。


みすゞの詩が初めて雑誌に載ったのは、大正十二年八月中旬。そのわずか半月後の九月一日、関東大震災が起きます。

死者十万人超、全半壊または焼失した家屋は約五十八万、被災者三百四十万人の大惨事となり、経済が混乱し、昭和初期の大不況につながります。雑誌の編集発行にたずさわる出版社、印刷所、製本所も甚大《じんだい》な被害をうけました。

震災の混乱とデマから、民間人と軍隊が朝鮮人と中国人を虐殺し、軍人が大杉栄と伊藤野枝、また社会主義者、労働組合員を殺害します。さらに震災の後は、第一次大戦後に広まった平和主義や民主的な運動を弾圧する動きも強まります。経済の大混乱と言論の不自由も、自由主義を背景に生まれた童謡運動が衰退していく一因となるのです。

第三章
詩の国の王様
～金子みすゞ傑作選

かまぼこ板で作られた壁画・仙崎

幅広いテーマと特長

金子みすゞは幅広いテーマで詩を創っています。

田園の牧歌、ふるさとの漁師町仙崎への郷愁、都市の心象風景、夢と空想と憧れの世界、子どもたちの遊び、懐かしい暮らしやお祭り、家族、ジェンダーなど。また自然と世界の成り立ちについては「蓮と鶏」「つくる」、小さな生きものへの慈愛に満ちた作品に「こおろぎ」「雀のかあさん」「硝子」「犬」などがあります。

詩の特長としては、八十が絶賛した豊かな想像力、鮮やかな視点の逆転、たくみな比喩があります。

作品の背景にある詩人の思いとしては、生きて死んでいく命への慈愛と憐れみ、宇宙や自然への哲学的な思索、また仏さまへの信頼、暖かくほっこりしたユーモアなどがあげられるでしょう。彼女が多彩な作風にとり組んでいたことがわかります。

彼女が遺した手書きの詩集は『美しい町』、『空のかあさま』、『さみしい王女』の三冊があり、書かれた時期が異なります。

大正十二年から大正十四年の作品が収められた最初の二冊には、童謡詩にかける明るい意気込みと希望が行間から生き生きと立ちのぼります。

しかし童謡詩が衰退していき、みすゞの境遇も暗転していく大正十五年から昭和四年に書かれた『さみしい王女』には、諦念と憂鬱のにじむ詩があらわれてきます。

この章では、みすゞが独身時代に書いた『美しい町』と『空のかあさま』から優れた詩をご紹介します。

詩の国の王様になる

砂の王国

金子みすゞ

私はいま
砂のお国の王様です。
お山と、谷と、野原と、川を
思う通りに変えてゆきます。

お伽噺《とぎばなし》の王様だって
自分のお国のお山や川を、
こんなに変えはしないでしょう。

私はいま
ほんとにえらい王様です。

「童話」大正十三年一月、推薦の一、西條八十選

この詩の子どもは、潮騒がゆったりと聞こえる浜辺に腰をおろして、砂遊びをしています。

砂をかき寄せて山を作り、谷をこしらえ、野原を平らにととのえ、くずして、また新しい山を盛りあげ、ひとりで無心に遊ぶたのしさに没頭しています。

思うままに自分の好きな国の形をつくる楽しさ、まるでえらい王様になったようだ……。大らかな詩風がのびやかです。

これは、詩作の喩《たと》えとも読めます。

みすゞは詩の国の王様であり、山を盛りあげ、谷をくぼませ、川や野原を思う通りに創りあげ、それを削り、さらに直して、自分だけの詩の世界を創りあげていくのです。
心に思うことは、誰からも支配されない、自分だけの自由な世界です。私は小学、中学時代に詩を書いていました。鉛筆で書いては消し、また書いては直しをくり返しながら一つの作品を作っていく面白さに時間を忘れるほどでした。

八十の選評です。

「今度も金子氏の作がいちばん異彩《いさい》を放《はな》っていた。……（略）……中でも「砂の王国」は傑作である。氏には童謡作家の素質《そしつ》として最も貴いイマジネーションの飛躍《ひやく》がある。この点はほかの人々の一寸《ちょっと》摸し難《がた》いところである。現代の所謂《いわゆる》童謡の大家《たいか》と呼ばれている人々の中にも、この貴重な素質に乏しいために、徒《いたず》らに言葉を賑《にぎ》やかに飾り立て、辛《かろ》うじて胡魔化《ごまか》しをつけている者が多いのに、特にこの「砂の王国」などに顕《あらわ》れている君のイマジネーションの如《ごと》き、まことに珍《ちん》とするに足りる。」

美しい想像、美しい比喩、発想の逆転

花火

金子みすゞ

あがる、あがる、花火、
花火はなにに、
やなぎと毬《まり》に。

消える、消える、花火、
消えてはなにに、
見えない国の花に。

『美しい町』

夏の夜空に、花火があがり、細い光がひと筋に高く、高くのぼっていく。光の玉が止

まるとぱっと開いて、しだれ柳のように、金色の雨のように、下りていく。あるいは大きな毬《まり》のように大きな円になる。それから一拍おいて、ドーンと音が響きわたる。夜空には闇と薄い煙だけが残る。

そうして消えた花火は、どこへ行くのか。それは目に見えない国の花になって咲くというロマンチックな幻想が、花火が終わった後の夜の静けさに広がっていきます。

第一連の現実の動的な華やかさ、第二連の見えない国の静的な幽玄の対照に、みすゞの本領がいかんなく発揮されています。

わらい

金子みすゞ

それはきれいな薔薇《ばら》いろで、
芥子《けし》つぶよりかちいさくて、
こぼれて土に落ちたとき、
ぱっと花火がはじけるように、
おおきな花がひらくのよ。

もしも泪《なみだ》がこぼれるように、
こんな笑いがこぼれたら、
どんなに、どんなに、きれいでしょう。

『空のかあさま』

女の人のわらい声でしょうか。そのわらいは薔薇色で、芥子粒《けしつぶ》よりも小さくて、地面に落ちると、ぱっと弾けて、線香花火のように次々と花ひらく。私たちの目から透明な涙がこぼれるように、唇からこんなにきれいなわらいがこぼれたら……。思いがけない想像と比喩の美しい小曲です。

アンデルセン童話さながらのファンタジーと甘美な感傷

見えないもの

金子みすゞ

ねんねした間《ま》になにがある。

うすもいろの花びらが、
お床《とこ》の上に降《ふ》り積り、
お目々さませば、ふと消える。
誰《だれ》もみたものないけれど、
誰がうそだといいましょう。

まばたきするまに何がある。
白い天馬《てんま》が翅《はね》のべて、
白羽《しらは》の矢よりもまだ早く、
青いお空をすぎてゆく。
誰もみたものないけれど、
誰がうそだといえましょう。

『美しい町』

私たちが眠っている間に、薄桃色の花びらが布団にふわりふわりとふりつもっているのです。それは目をさますと、淡雪のように消えていくのです。私たちが瞬きする一瞬の間に、白い天馬（ペガサス）が翅を広げて天駈《あまか》けていくのです。

みすゞは見えないもの、見えない世界、見えない時間へ、のびのびと空想をふくらませています。奇想天外な想像の羽ばたき、そこにギリシア神話のペガサスが出てくる展開に、少女時代から読書家だったみすゞならではの妙趣があります。

〈魚の嫁《よめい》入り〉

金子みすゞ

さかなの姫《ひめ》さまお嫁入り、
むこうの島までお嫁入り。
島までつづいたお行列、
ぎんぎら、ぎんぎら、銀かざり。

島の上にはお月さま、
提灯《ちょうちん》ともしておむかえよ。

さてもみごとなお行列、
海のおもてをねってゆく。

『美しい町』

夜の暗い海、むこうに浮かぶ島の上に月が昇ると、黒い海に、銀色に光る道が島までのびていく。その道を、さかなの姫さまのお嫁入りの列がすすんでいきます。お月さまは、まるでお迎えの提灯《ちょうちん》のように煌々《こうこう》と輝き、見事なお行列がむかって行きます。

海にうつる月光の道を、魚の姫さまの嫁入り行列に見立てて、おとぎ話を読むようなファンタジックな喜びに満たされます。

仙崎の月の夜、暗い浜から見る入り江と、

仙崎の海に浮かぶ小島

そこに浮かぶ島の光景も想い出されて、愛しい作品です。

みそはぎ　　　　金子みすゞ

ながれの岸のみそはぎは、
誰《だれ》も知らない花でした。

ながれの水ははるばると、
とおくの海へゆきました。

大きな、大きな、大海で、
小さな、小さな、一しずく、
誰も、知らないみそはぎを、
いつもおもって居《お》りました。

それは、さみしいみそはぎの、

『空のかあさま』

花からこぼれた露《つゆ》でした。


みそはぎは、夏に淡い赤紫色の小さな花を咲かせる多年草で、湿地や小川などに生えます。お盆の花として栽培されることもあります。

視点は、まず川のほとりに咲いているみそはぎに。その花は、誰も知らない寂しい花です。第二連では、川は流れ流れて、海へ出ていき、第三連では、その大海の一滴《いってき》は、孤独なみそはぎに片恋していたとわかります。最後にその一しずくは、みそはぎの花の中にいた露だったと明かされ、時間が逆回しに最初に戻る、という、なかなかに凝った構成です。

かれんな花と露の別れ、はるかに遠く流されても忘れられない一しずくの片想い……。淡く哀しいひそやかな恋物語を読むような抒情があります。

その哀しみはまるで子どものころに読んだアンデルセン童話の「人魚姫」「もみの木」「スズの兵隊」「ナイチンゲール」の読後感のようであり、いつまでも淡いさみしさが胸に残ります。

郷愁と都会

はつ秋

金子みすゞ

涼《すず》しい夕風ふいて来た。
田舎《いなか》にいればいまごろは、
海の夕やけ、遠くみて、
黒牛ひいてかえるころ。

水色お空をなきながら、
千羽がらすもかえるころ。

畠《はたけ》の茄子《なす》は刈《か》られたか、
稲《いね》のお花も咲《さ》くころか。

『美しい町』

さびしい、さびしい、この町よ、
家と、ほこりと、空ばかり。

一行目の涼しい夕風が、私たちを、一瞬にして、詩の世界へつれていきます。風は目に見えないものであり、肌で感じるものです。肌に秋めいた風が吹いて、詩人の心は、不意に、ふるさとの田舎に帰っていくのです。

日本海に大きな夕日が沈んでいきます、農夫は黒い牛をひいて田んぼから家路をたどり、からすの群れは広い夕空を鳴きながら巣にもどっていきます。畑にはつやつやした紫色の茄子がさがり、水田には白いおしべがのぞく稲の花が咲いている、そんな初秋《しょしゅう》の村の豊かさ……。

ふたたび詩人の意識は都会にもどり、気がつけば、家々が立ちならび、空は狭く、ほこりっぽい町に立っているのです。

秋の実りを迎えようとする田園のしずかに満ち足りた夕景と、さびしく雑多な町を対比させて、遠い郷里を慕う心をうたっています。町から田舎へ、田舎から町へという意識のうつろいも鮮やかです。

暮らしの小さな喜び、懐かしい子どもの遊び

まつりの頃《ころ》

金子みすゞ

山車《くるま》の小屋が建《た》ちました、
浜にも、氷屋《こおりや》できました。

お背戸《せど》の桃があかくなり、
蓮田《はすだ》の蛙《かえろ》もうれしそう。

試験もきのうですみました、
うすいリボンも購《か》いました。

もうお祭がくるばかり、
もうお祭がくるばかり。

『美しい町』

夏祭りの準備が日に日に進んでいるのです。お行列の山車《だし》がたちました。浜に氷屋もできました。裏庭の桃の実はうっすらと赤らみ、蛙もどこか嬉しそうに鳴いています。学校の試験も終わったし、夏むきのうすいリボンも買ってもらいました、あとはお祭りがくるばかりと、浮き立つ心をすなおに伝えています。

これは仙崎の八坂神社《やさかじんじゃ》の夏祭り、祇園祭を待つ、みすゞ少女時代の回想と思われます。

かるた

金子みすゞ

お炬燵《こた》の上に、
お蜜柑《みかん》積んで、
お祖母様《ばあさま》、眼鏡《めがね》、

仙崎の八坂神社

キラ、キラ、キラリよ。
畳《たたみ》のうえにゃ、
かるたが散って、
ちいちゃいお頭《つむ》、
ひい、ふう、みいつよ。

硝子《がらす》のそとは、
しずかな暗夜《やみよ》、
ときどき霰《あられ》が、
パラ、パラ、パラリよ。

『美しい町』

炬燵につやつやした蜜柑を積み、お祖母様は老眼鏡《ろうがんきょう》をかけて縫いものでしょうか。畳に色とりどりのかるたが散って、三人の子どもたちが頭をよせて遊んでいる。外では急に冷えこんで、霰《あられ》が音をたてて落ちてくる。

暖かな家の中と、霰ふる寒い外の対比、また最後の行のリズムをそろえて、どこか心愉しい気配、懐かしさが漂います。三人の子どもたちは、堅助、みすゞ、雅輔の三人きょうだいが想われます。

小さな命を愛《いつく》しむまなざし

木

金子みすゞ

小鳥は
小枝《こえだ》のてっぺんに、
子供は
木かげの鞦韆《ぶらんこ》に、
小ちゃな葉っぱは
芽のなかに。

あの木は

あの木は、
うれしかろ。

『空のかあさま』

前半は現実の写生です。小鳥が小枝に明るくさえずり、子どもは枝にさがる鞦韆をこいではしゃいでいます。枝の芽のなかでは、小さな葉っぱたちが春の訪れを待っている。後半は詩人の想像であり、だからあの木は、小鳥と、子どもと、小さな葉っぱという命の息吹に囲まれて、どんなに嬉しかろうと結びます。小さな命を愛しむまなざしと思いやりに、詩人の人となりも好もしく偲《しの》ばれます。

現実から幻想の世界へ

灯籠《とうろう》ながし

金子みすゞ

昨夜《ゆうべ》流した

灯籠は、
ゆれて流れて
どこへ行《い》た。

西へ、西へと
かぎりなく、
海とお空の
さかいまで。

ああ、きょうの、
西のおそらの
あかいこと。

『美しい町』

灯籠流しとは、お盆の終わりに、死者の魂を弔うために、紙の小さな灯籠に火をともして、川や海に浮かべて流す仏教の行事、精霊流し、魂送《たまおく》りです。

詩の前半で、詩人は、灯籠を流した翌日の海辺に立って、灯籠が漂っていった果てを想っています。それは西へ西へ流れていき、夕陽に赤々とかがやく海と空の果てへたどり着いた。そこは幻想の世界の入口であり、亡き父が去ったはるか彼方《かなた》の西方浄土も想わせます。

詩人が見つめる赤い西空に、まぶたの父への哀慕《あいぼ》がにじんでいるようです。

花びらの波　　　金子みすゞ

お家《うち》の軒《のき》にも花が散る。
丘のうえでも花が散る。
日本中に花が散る。
日本中に散る花を
あつめて海へ浮かべましょ。
そして静かなくれ方《がた》に、
赤いお船でぎいちらこ

「童話」大正13年6月号

色とり〴〵の花びらの
きれいな波にゆすられて
とおい沖までまいりましょ。

「童話」大正十三年六月号、大人の部佳作、西條八十選

第一連は、春の終わりの情景です。家の軒さきに花がはらはらと散りかかり、丘のうえでも花が舞い散り、日本中に花が散っていく晩春のころ……。第二連からは詩人の夢想となり、散った花びらを海に浮かべ、夕焼けをうつして赤くかがやく海に、赤い船をうかべて、ぎいちらこと櫓《ろ》をこいで進んでいく、遠い、遠い果てまで、どこまでも花びらの浮かぶきれいな波の上を……。
散った花を海にうかべる、つまりこれは花の弔《とむら》いであり、この詩もどことなく西方浄土を思わせます。みすゞの無限の空想に陶然とさせられる一作です。

人も草も渾然一体《こんぜんいったい》となった神秘的な幻想美

草原《くさはら》

金子みすゞ

露《つゆ》の草原
はだしでゆけば、
足があおあお染《そ》まるよな。
草のにおいもうつるよな。

草になるまで
あるいてゆけば、
私のおかおはうつくしい、
お花になって、咲くだろう。

『美しい町』

この詩も、前半は現実です。

白銀に光る露のびっしりおりた草原をはだしで歩いていく、みずみずしい草をふんでいくと、足は冷たく濡れて、はだしの足は草の汁にうっすら緑いろに染まり、青い匂いが立ちのぼる。

後半では、そうしてどこまでも歩いていくうちに、いつしか「私」は草となり、顔は美しい花となっている。

これは擬人化ではなく、人が草になって花を咲かせるという意表をつく逆転であり、神秘的な幻想がいつまでも胸にたゆたいます。

人も草も渾然一体となり、この世の憂いも決まりごともすべて消えた無我の境地となって不思議の草原《くさはら》を歩いてゆく「私」、この詩の世界の静けさ、神秘、堂々とした歌いぶり、みすゞ二十歳頃の傑作です。

『美しい町』と『空のかあさま』を読んだ雅輔の感想

みすゞは大正十五年二月に結婚する直前、手書き詩集『美しい町』と『空のかあさま』を雅輔に渡します。もうじき二十一歳になる彼は読んだ感想を、みすゞに送りました。

大正十五年二月十四日付《づけ》、姉宛ての書簡です。

［益々《ますます》深く、益々鮮かに。幻想の飛躍の高さに於《お》いては、両集にあまり差異《さい》はないようだ。しかし、深くと鮮かに、が加わっただけい丶。深くは思索的《しさくてき》に、鮮かには技巧的《ぎこうてき》に。い丶テーマと、すばらしい幻想と、鮮かなテクニック。有望なりといわざるを得ない。久々で、ジックリと読んで頭が下がった。（略）ありがとう、詩人みすゞ女史よ！］

第四章

「童話」の投稿仲間

〜島田忠夫
佐藤よしみ
渡邊増三

島田忠夫の童謡詩集『柴木集』復刻版

投稿欄での順位、島田忠夫、金子みすゞ、佐藤よしみ

みすゞは下関に来てから童謡詩を書き始め、主に雑誌「童話」に投稿しました。それを選者の西條八十が読み、順位をつけます。

投稿欄に自作を送るということは、一人で楽しんで詩を創る趣味の領域から、公《おおやけ》の競争の場へ自作を投じることを意味するのです。

みすゞが最も多く作品を送った「童話」誌上の順位を、発行された全七十五冊をもとに、一覧表にしてみました（巻末に掲載）。

順位表を作って気づいたことは、入選者の大半が男性で、女性の常連はみすゞ一人だという点です。

そもそも入選者は限られており、みすゞのほかは、のちに詩集を出す島田忠夫《ただお》（1）、東北と北海道で詩を書き続けた片平庸人《かたひらつねと》（2）、戦後も児童文学者として活躍する佐藤よしみ（義美）（3）、山形から詩を投稿した夭折《ようせつ》の渡邊増三（4）の名前が目立ちます。

彼らの入選作を読むと、それぞれに異なる趣きがあり、童謡詩を読む醍醐味を堪能《たんのう》しました。

この章では、彼らの良作をご紹介します。みすゞが毎月、誌面で読んでいた作品です。「童話」に載った投稿仲間の入選作を読むことで、みすゞの詩の特長がより際立ってき

ます。さらに大正時代の童謡詩を俯瞰《ふかん》することもできます。

まず、みすゞの詩が初めて活字になった「童話」大正十二年九月号から、彼女の好敵手となる島田忠夫の作品です。ちなみに、この号でトップを飾る推薦作の一と二は、みすゞの「お魚」「打出の小槌」です。

汽車で

島田忠夫

一のトンネル
出《で》たら
山《やま》は百合《ゆり》の
花ざかり。

二のトンネル
出《で》たら
青《あお》い海《うみ》

ばかり。
三のトンネル
出ると
さあ〳〵濱《はま》べ
おりましょ。

「童話」大正十二年九月号、佳作、西條八十選

初夏、汽車に乗って旅をする。トンネルを出るたびに新しい景色が開けていく弾むような愉しさが、まるで映画でも見るように展開していく躍動感のある詩です。

第一連では、トンネルを出ると、一面に山の野百合が咲いている。その感激も一瞬のうちに、汽車は、あっという間に通りすぎ、第二連では、またトンネルに入り、暗い中を抜けると、今度は、青い海が一面にまぶしく広がっている。第三連のトンネルを出ると、さあ、目的地につきました、浜辺におりましょう、というかけ声で終わります。

これから海で遊ぶ楽しさが、読者の胸にも広がります。

忠夫は、落ち着いた田舎の小景だけでなく、のびやかな少年詩にも才能が光っています。

選者の八十がつけた順位をみると、みすゞの詩が初めて載った大正十二年の夏から大正十三年の前半まで、忠夫とみすゞは、抜きつ抜かれつの接戦です。二人の詩風はまったく異なるものの、実力は拮抗《きっこう》しています。

しかし忠夫が次第に順位を上げていき、年下の佐藤よしみも、「はかま」など、複雑な余韻のある秀作で順位を上げてきます。

はかま　　　　佐藤よしみ

はかまが
破《やぶ》けた
綻《ほこ》ろびた

母さん
帰れば
叱られる

「童話」大正13年4月号

いもとに
そっと
縫《ぬ》えようか
姉さを
懐《おも》えば
泣けてくる

「童話」大正十三年四月号、推薦の三、西條八十選

はかまは男子の礼装であり、仙台平《せんだいひら》など上等な絹織物で仕立てます。それが破けてしまった。母さんに叱られるまえに、妹がそっと縫うことができようか、ああ、姉さんがいてくれたら……。「泣けてくる」という言葉の意味を、読者の想像にゆだねて劇的な読後感があります。この号に、みすゞ作品の入選はありません。

不運なことに、大正十三年の春、みすゞの詩才を評価していた選者の八十がソルボンヌ大学留学のために渡仏し、後任として、八十の恩師であり、早稲田大学仏文科教授の

吉江《よしえ》孤雁《こがん》（5）が選にあたります。選者が代わった大正十三年の後半からは、みすゞの作品は高評されなくなります。

「童話」大正十三年六月号では、推薦の一が忠夫作「巣」、推薦の二も忠夫の「田螺《たにし》」です。二作とも、さし絵入りの見開きで、大きく掲載されています。佳作は小さな扱いで、絵はありません。

巣　　　島田忠夫

麦《むぎ》を
ふみふみ
日《ひ》がくれた
雲雀《ひばり》は
なきなき
日《ひ》がくれた

知《し》らない
振《ふ》り返《かえ》して
帰《かえ》ってこう
あの巣《す》に
ひばりは
降《お》りるから

「童話」大正十三年六月号　大人の部、推薦、西條八十選

田螺《たにし》

島田忠夫

げんげの田圃《たんぼ》の
水口《みずぐち》で
田螺《たにし》の集議《しゅうぎ》が

あるとうよ。
山のかげから
ふもとから
三月《みつき》もかゝって
寄《よ》るとうよ。
集議《しゅうぎ》がすむやら
すまぬやら
田圃《たんぼ》は苗植《なえうえ》
すむとうよ。

「童話」大正十三年六月号　大人の部、推薦、西條八十選

丸っこい殻の田螺がゆるゆると集議に出かけていく、という誰も思いつかない独特でユーモラスな発想、田螺の足どりがゆっくりと進むうちに、いつしか水をはった田んぼ

には早苗《さなえ》が植えられ、小さな若緑の稲がゆれている季節の移り変わりを、農村ののどけさのなかに描いています。方言風の言葉づかいに飄々《ひょうひょう》とした妙味があります。

八十の選評です。

「島田忠夫氏の「巣」にいつもながら敬服させられた。野趣《やしゅ》のある、そうしてあたたかい情味《じょうみ》のこもった作である。おなじく「田螺」も飄逸《ひょういつ》な作であった。

私はいまこれらの選評を神戸《こうべ》諏訪山《すわやま》の旅館の楼上《ろうじょう》で書いている。明日の正午《しょうご》私をのせて遠くマルセイユへ運んでゆくべき巨船《きょせん》賀茂丸《かもまる》は眼下《がんか》、春の日の海上に黒くその姿を見せている。

私はこの誌上を通して、未見《みけん》の諸君と別離の固き握手を交《かわ》したい心がいま、胸に烈《はげ》しく燃えている。

さらば、諸君！　また逢う日まで、切《せつ》によき精進《しょうじん》を祈る！（四月十八日）」

こうして、大正十三年に八十はフランス留学へ船出していきました。

この号で、みすゞの詩は、推薦には入りませんでした。彼女には、そして忠夫にも、入選した喜びの月もあれば、落選した淡い落胆や失意の月もあり、こうした浮き沈みを

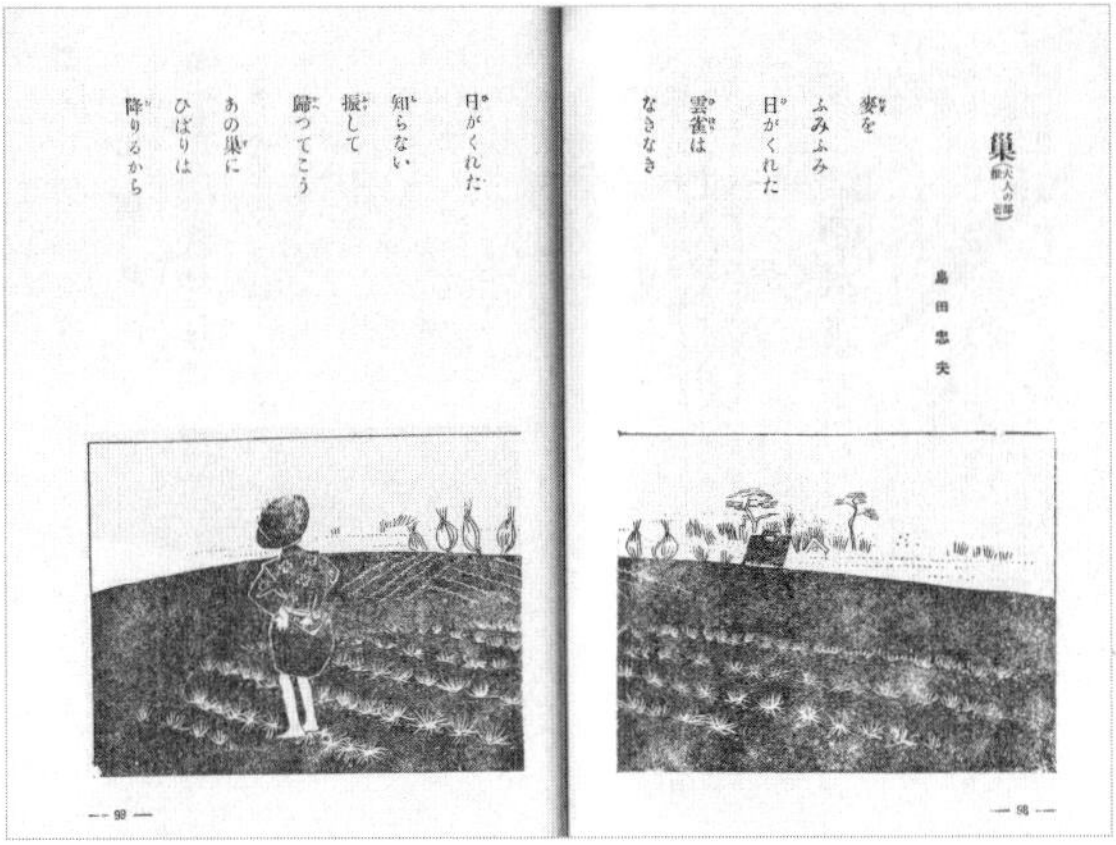

巣（大人の部推薦）

島田忠夫

麦《むぎ》を
ふみふみ
日《ひ》がくれた
雲雀《ひばり》は
なきなき

日《ひ》がくれた
知《し》らない
振して
帰《かへ》つてこう
あの巣《す》に
ひばりは
降《お》りるから

— 99 —　— 98 —

「巣」掲載誌面

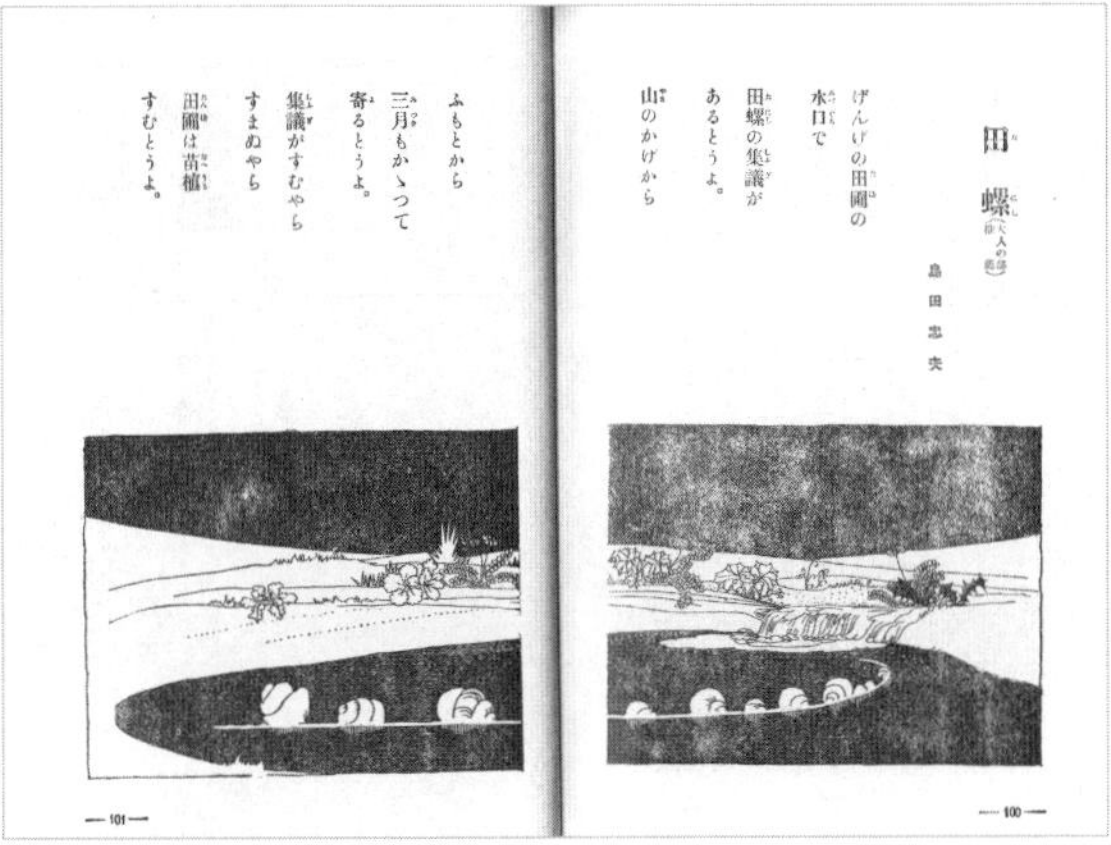

田《た》螺《にし》（大人の部推薦）

島田忠夫

げんげの田圃《たんぼ》の
水口《みなくち》で
田螺《たにし》の集議が
あるとうよ。
山《やま》のかげから

ふもとから
三月《みつき》もかゝつて
寄《よ》るとうよ。
集議がすむやら
すまぬやら
田圃《たんぼ》は苗植《なへうゑ》
すむとうよ。

— 101 —　— 100 —

「田螺」掲載誌面

乗りこえ、気持ちを奮い立たせ、机にむかったのです。詩人をめざすみすゞ二十一歳、忠夫二十歳の心を思います。

選者が代わり、翌大正十四年、吉江孤雁が選んだ忠夫の推薦作です。

春山《はるやま》　　　　島田忠夫

（一）
薪《たきぎ》を樵《こ》る
わたくしの
からだは隠《かく》れる
柴《しば》の木《き》に
あたまの近《ちか》くで
鶯《うぐいす》が
いちにち鳴《な》けば

日《ひ》はくもる
雉子《きじ》の罠《わな》
かけながら
わたしは柴樵《しばこ》る
春山《はるやま》に

（二）
いろりに焚《く》べる
柴木《しばき》の芽《め》
膨《ふく》れているのはうれしいな
今日《きょう》は頬白《ほほじろ》
鳴《な》いたので
春《はる》のこころになりました
雪《ゆき》の解《と》けるの

侍《ま》たれるな
氷柱《つらら》が弛《ゆる》んでおちる音《おと》。

「童話」大正十四年五月号、推薦の一、吉江孤雁選

（一）では、春浅い山で焚《た》きつけにする柴木《しばき》を刈る、鶯のさえずりを聞き、おそらくはキジ鍋にするであろう雉子《きじ》の罠をかけながら。（二）では、自分が刈った柴《しば》を、家のいろりにくべると、その枝に芽がふくらんでいる、日中は森に頰白《ほほじろ》が春をうたうようになり、雪解《ゆきど》けの侍《ま》たれるころ、氷柱《つらら》が屋根から落ちる音がして、田舎家《いなかや》の静けさが際だちます。

　孤雁が高評した忠夫の作は、田舎の情景を描いて素朴な閑《しず》けさがあり、鄙《ひな》びた水墨画のような風情です。それは一覧表に載せた彼の詩の題「寒蟬《かんぜみ》」「囲炉裡《いろり》」「畦《あぜ》」からも感じとって頂けるでしょう。

　つまり孤雁が選ぶ作品には、童謡詩の子どもらしい大らかさ、みすゞの自由で驚きのある想像の羽ばたき、幻想《ファンタジー》の無限の愉しさはありません。渋く枯れた詩を好む年配の孤雁が選者となったため、みすゞの作は選に入らなくなったのです。

　もっとも、忠夫とみすゞは作風が異なり、その優劣を単純に比較することはできません。

しかし、好みの違いをこえて、忠夫が表現力を磨いて、腕を上げていたことは確かであり、秀作が目立ちます。
なかでも「沼」は忠夫の最高傑作と言えましょう。職業詩人と同じレイアウト、美しいさし絵入りで掲載されています。

沼　　島田忠夫

行々子《よしきり》
葦《あし》のかげ
沼の日ざかり
ものうとさ
小鮒《こぶな》が菱《ひし》を
つゝく音

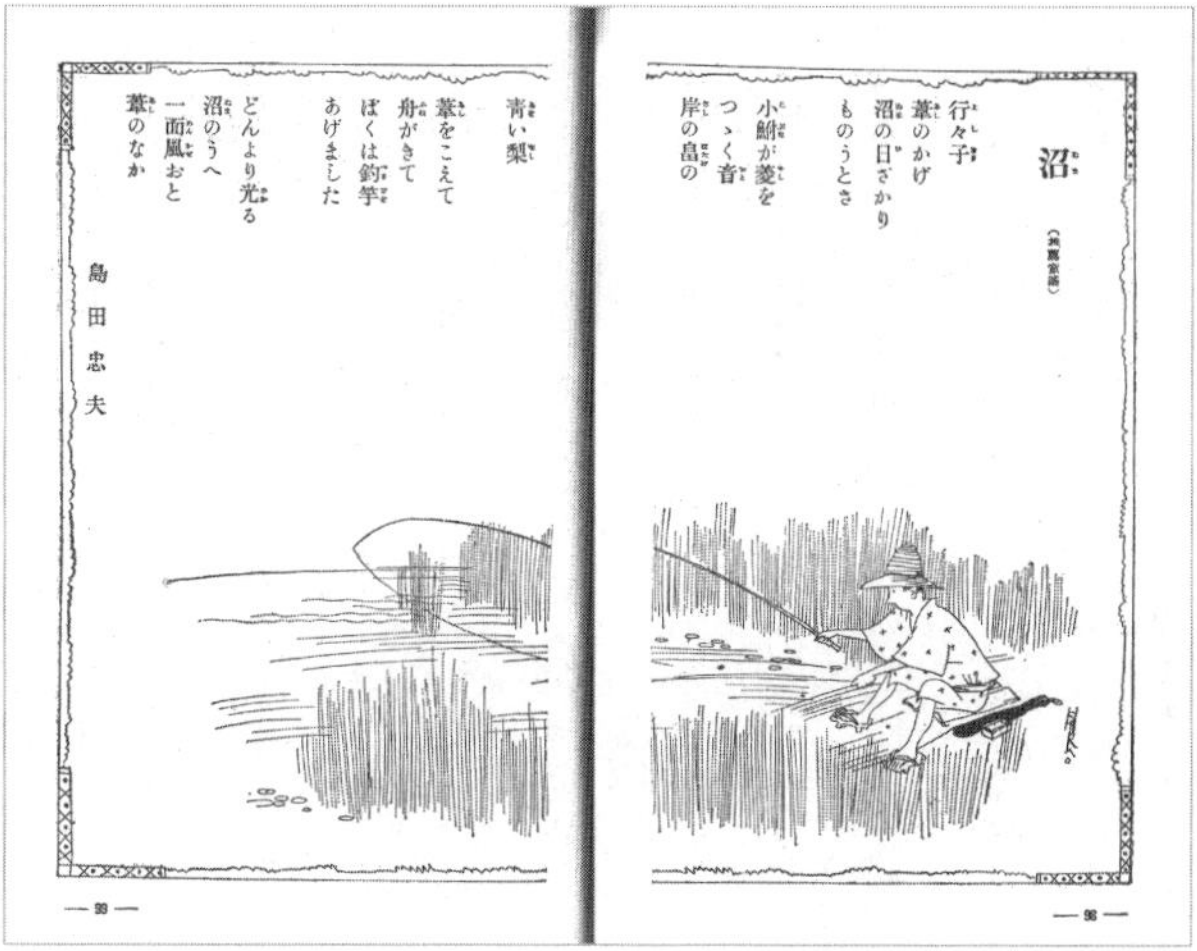

「沼」掲載誌面

岸の畠《はたけ》の
青い梨《なし》

葦《あし》をこえて
舟がきて
ぼくは釣竿《つりざお》
あげました

どんより光る
沼のうえ
一面風おと
葦のなか

「童話」大正十四年十月号、推薦の一、吉江孤雁選

みすゞ、「赤い鳥」に投稿先を変える

「童話」に載らなくなった大正十三年後半から、みすゞは、投稿先を変えます。

私の丘

金子みすゞ

私の丘よ、さようなら。

つばなも抜いた、草笛を、
青い空みて吹きもした、
私の丘の青草よ、
みんな元気で伸びとくれ。

私ひとりは来なくても、
みなはまた来てあすぼうし、
ひとりはぐれたよわむしは、
ちょうど私のしたように、
わたしの丘と呼びもしょう。

けれど、私にゃいつまでも、

「私の丘」よ、さようなら。

「愛誦」昭和三年三月号

子どものころに遊んだ楽しい思い出の丘、懐かしい場所への別れの心を描いています。子ども時代をすぎた娘が、少女時代との別れを、心のなかの思い出の丘との別れを詠っているのでしょう。つばなとは、河原や野原にはえるイネ科の草で、その花にほのかな甘みがあることから、戦前は子どもたちがおやつに食べたようです。

みすゞの詩では、丘や山や星は、高いところにある夢や憧れ、手の届かない理想の意味をふくんでいることがあります。

この作品は手書き詩集『空のかあさま』に収められています。これが書かれた大正十三年から大正十四年は、八十の渡仏により、「童話」に投稿しても入選しなくなった時期に重なります。「私の丘」の詩人は、みんなはまた丘に来て遊ぶだろう、けれど私は丘から去っていくと別れを告げて離れていくのです。

「童話」から離れたみすゞは白秋が選者を務める「赤い鳥」に投稿して、三作掲載されます。

「赤い鳥」大正14年1月号

「赤い鳥」大正13年10月号

「赤い鳥」大正14年2月号

大正十三年十月号に「田舎」、大正十四年一月号に「入船出船」、同年二月号に「仔《こ》牛《うし》」です。美しい表紙の「赤い鳥」に自作が載って、みすゞは嬉しかったでしょう。

ただ、その順位は良いものではありません。みすゞの詩「田舎」が載った「赤い鳥」大正十三年十月号において、佳作のトップは、佐藤よしみの詩です。

お山の夏（詩）（佳作）

佐藤よしみ

花菜《はなな》が闌《た》けたよ。
明るい花が咲いて
くすばいほど
においがしてったのに。
夏が来たんだな。

お海が見えなくなったよ。
すこしだったが
お舟が浮かんで
青く見えてったのに。

夏が来たんだな。

お馬鈴薯《いも》の花が咲いたよ。
姉《あね》さは絣《かすり》を織ってるよ、
子馬鈴薯《こいも》を
町へ出すんだな。

夏が来たんだよ。

「赤い鳥」大正十三年十月号、佳作、北原白秋選

田舎

金子みすゞ

私は見たくてたまらない、
小さい蜜柑《みかん》が蜜柑の木に
金色《きんいろ》に熟《う》れているところを。
また無花果《いちじく》がまだ子供で
木に齧《かじ》りついているところを。
そうして麦の穂が風に吹き
雲雀《ひばり》が唄をうたうところを。
私は行きたくてたまらない、
雲雀がうたうのは春だろうけれど、
蜜柑の木にはいつ頃に

どんなお花が咲くだろう。

絵にしか見ない
田舎には、
絵にないことが
たくさんたくさん
あるだろうな。

「赤い鳥」大正十三年十月号、佳作、北原白秋選

この作も視点の逆転があり、詩人が金色の蜜柑や小さな青い無花果の実や風に揺れる麦畑の田舎を見たいと願うすなおな気持ちが、実はそれは絵でみた田舎であり、そこに憧れを寄せていたという意外性があります。前半は美しく始まりますが、後半のひねりが足りず、白秋は佳作にしたものと思われます。

次に載った大正十四年一月号では、佳作のトップはやはり佐藤よしみ「淋《さび》しい路」。みすゞの詩「入船出船」は佳作の十二番目です。

大正十四年二月号では、みすゞ作「仔牛」が佳作の六番目です。

雑誌「赤い鳥」は、小川未明、豊島与志雄《とよしまよしお》(6)、宇野浩二(7)、鈴木三重吉が童話をよせる充実した誌面で、そこに詩が載ることは栄誉だったと思われます。しかしみすゞの順位はふるいませんでした。金子みすゞと言えば、「童話」の投稿欄では島田忠夫と首位を争い、読者に名前の知られる投稿詩人です。彼女としては、推奨作にも入らず、佳作の下のほうでは不本意だったのかもしれません。

みすゞ作が載った「赤い鳥」に、選者の白秋が、どんな童謡詩をお手本として書いているか、ご覧に入れましょう。

雪こんこん（遊戯唄）　　北原白秋

雪こん〳〵、雪こん〳〵。
手つないで走ろ、
大きい子に小さい子、
ぼたん雪に粉雪《こゆき》。

雪こん〳〵、雪こん〳〵、
手つないでまわろ、
大きい輪に小さい輪、
お池に小池。

雪こん〳〵、雪こん〳〵
手つないで萠《も》えろ、
大きい芽に小さい芽、
野山《のやま》に庭に。

雪こん〳〵、雪こん〳〵、
手つないでひらけ、
大きい手に小さい手、
白木蘭《しろもくれん》に辛夷《こぶし》。

雪こん〳〵、雪こん〳〵、
手つないでおどろ、

大きい子に小さい子、
ぼたん雪に粉雪《こゆき》。

「赤い鳥」大正十四年二月号

白秋の詩は音読するとリズムがあって快《こころよ》く、自然界を無垢な目で見る子ども心の不思議や無邪気さを楽しく表現しています。

どちらかというと白秋の童謡詩は、子ども向けのあどけないものが多く、ありふれた言葉づかいながらも深い意味のある世界を追求するみすゞの趣味にあわなかったようで、ほどなく投稿は止めたものと推測されます。

いずれにしても、みすゞは、推敲に推敲を重ねた自作が、詩趣の合う敬愛する詩人に高く評価されて雑誌に載ることをめざして、投稿先を探していく試みを、生涯にわたって続けていくのです。

詩風という点からみすゞの投稿仲間を見ると、佐藤よしみは「赤い鳥」の白秋風、島田忠夫は田舎の土の匂いという面においては雨情風、または師匠であった島木赤彦風、そしてみすゞは八十風です。

『琅玕集《ろうかんしゅう》』と同人誌「曼珠沙華《まんじゅしゃげ》」

「童話」に載らなくなり、「赤い鳥」への投稿もやめたみすゞは、再び好みの詩をペンで書き写す勉強を始めます。大正十四年から大正十五年にかけて、アンソロジー『琅玕《ろうかん》集《しゅう》』を編むのです。これは、二十三種類の雑誌と数々の詩集から、白秋、雨情、八十はもちろん、クリスティーナ・ロセッティ、佐藤義美、萩原朔太郎、室生犀星、堀口大學など、百六人の書き手による約二百篇をおさめています。

みすゞは、多くの雑誌や本を見ることができる本屋勤めという環境をいかして、多くの詩集を開き、書き写して、研鑽《けんさん》をつんでいたのです。

さらに同大正十四年には、みすゞは童謡同人「曼珠沙華《まんじゅしゃげ》」に参加します。「童話」大正十四年二月号の巻末にある読者からのお便り欄である「通信」に、佐藤よしみが告知を出しています。

それによると、顧問として野口雨情、島木赤彦などを戴《いただ》き、同人は、みすゞ（二十二歳）、忠夫（二十一歳）、増三（十九歳）、よしみ（二十歳）な

「童話」大正14年2月号

どです。
ちなみにこの号のお便り欄には、のちの映画評論家の淀川長治《ながはる》の通信も載っています(8)。

同人誌「曼珠沙華」が実際に刊行されたかどうか、現段階ではわかっていませんが、年若い投稿仲間たちが、手紙で連絡をとりあい、たがいに励ましあい、切磋《せっさ》琢磨《たくま》して、自らの勉強にむけて、さらには童謡詩壇の発展にむけて、活動したのです。
みすゞが、関東から遠く離れた下関にいながら、亡くなる前年までの七年間に五百作以上の詩を書き続けられた理由は、もちろん本人の詩作にかける情熱にあります。と同時に、忠夫やよしみなど、みすゞとは異なる詩境を模索して毎月、自作を投稿する同世代の意欲的な詩人の卵たちとの交流(9)、さらにはみすゞの詩を好んで応援する読者の励ましが通信欄に載ったことも大きかったと思います。

そうして夜、灯火《ともしび》のもと、様々な詩を読みふけり、また一人でペンを走らせるみすゞの思索の深さと孤独をうかがわせる詩があります。

夜散る花

金子みすゞ

朝のひかりに
散る花は、
雀《すずめ》もとびくら
してくれよ。

日ぐれの風に
散る花は、
鐘がうたって
くれるだろ。

夜散る花は
誰とあそぶ、
夜散る花は
誰とあそぶ。

『空のかあさま』

とびくらは、飛びくらべのことです。この詩では、朝、木からはらはら舞い散る花は、雀が飛びくらべをしてくれよう。日暮れに落ちる花は、夕べの鐘が遊んでくれよう。しかし夜の闇のなかへ音もなく散っていく花は誰が遊んでくれるのか……。

この詩には、咲き誇る花でなく、散っていく花に心を寄せるみすゞのこまやかな優しさが表れていますが、それはまた散っていく花のあわれに共鳴する詩人の寂しさでもあります。

渡邊増三の詩集『絲《いと》ぐるま』

このころ「童話」の親しい投稿仲間たちは、次々と詩集が出ていました。

まず渡邊増三が、大正十三年に第一詩集『絲《いと》ぐるま』（交蘭社）を、翌大正十四年には、佐藤よしみが第一童謡詩集『みなとの子』（童謡協会）を上梓します。

「童話」に載った増三の詩です。

二頭の馬

渡邊増三

二頭の馬が
走ってる、
歩みをそろえて
走ってる。

大きい馬には
お父さん、
ちいさい馬には
僕が乗る。

二頭の馬が
いそぎます、
空には雲雀《ひばり》が
鳴いてます。

「童話」大正十二年七月号、佳作、西條八十選

草原を二頭の馬が走っているのでしょう。大きい馬に父さん、小さい馬に僕がまたがり、雲雀のさえずる春の野をかけていく。若草なびく野を足なみをそろえて馬でゆく情景が、さわやかにうかび、気持ちのいい風が吹きすぎていくようです。十代の増三の初々しく清楚な魅力が光る一作と言えましょう。これはみすゞが「童話」に投稿を始めたところに発行された号です。彼女は注意深く読んだことでしょう。

さくらんぼの村　　渡邊増三

さくらんぼ
さくらんぼ
赤いさくらんぼが
熟《う》れてきた
村いちめんの
さくらんぼ。

いつもさくらんぼの
熟れる頃
しっと　しっとと
雨がふる。

さくらんぼ
さくらんぼ
雨のふるたび
熟《う》れてゆく
村いちめんの
さくらんぼ。

「童話」大正十二年八月号、
佳作、西條八十選

増三は、さくらんぼの名産地として知られる山形の生まれ育ちです。さくらんぼの実る梅雨のころ、一面にさくらんぼがさがる果樹

『絲ぐるま』交蘭社、大正13年

渡邊増三18歳、『絲ぐるま』の著者近影

園で、数え切れないほどの小さな赤い実が、雨に濡れて、さらに赤く艶やかに輝いて熟れていくさまは写実的でありながら、どこか桃源郷の絵画のごとき夢幻の境地へ読み手の心がいざなわれていきます。「二頭の馬」も父と僕が駈けていく果てはどことなく絵本の世界のようでもあり、こうした不思議な魅力が、増三の詩にはあります。

カンナ

渡邊増三

赤いカンナが
すいすい咲いた

今日も寂しく
水車《みずぐるま》がまわる

にげてった猫は
いつかえってきよう

お盆もすぎて
秋風がふくに

「童話」大正十二年十月号　佳作、西條八十選

赤く咲くカンナの花の鮮やかさ、しぶきをあげて回っている水車の動き、夏の終わりの農村に、詩の子どもは、いなくなった猫を想っています。お盆も過ぎて涼風が吹き、これから寒くなるというのに、猫はいつ帰ってくるだろうか……と案じる田舎の子の純朴な悲しみが胸に迫ります。ちなみに同号の「佳作の七」に、みすゞの「にわとり」が載っています。

十代の少年にしか書けない増三の清純で初々しい持ち味を知ると、その小さな宝玉《たま》のような詩を集めて一冊が編まれるのも、さにあらんとうなずけます。ただ彼の実力のほどは、みすゞと同程度か、あるいは比類なき想像力という点ではみすゞのほうが優れており、増三の詩集が出るなら、金子みすゞ童謡詩集が出てもおかしくないと思うのは、私の贔屓目《ひいきめ》でしょうか。

増三の詩集『絲《いと》ぐるま』は、西條八十の序文が巻頭を飾っています。一世を風靡した

流行歌「カチューシャの唄」や童謡「証城寺《しょうじょうじ》の狸囃子《たぬきばやし》」を書いた作曲家の中山晋平が増三の詩に曲をつけ、「童話」の画家川上四郎が表紙絵を手がけています。無名の投稿詩人の本としては珍しいほど、一流の芸術家がそろった豪華な詩集です。

「童話」大正十四年十月号には、この本の広告が載っています。八十の宣伝文です。

「君の童謡には君が今住んでいる純一《じゅんいつ》な思想の世界、優しい夢みがちな感情の世界がそのまゝに美しく詠《よ》み出《い》でられている。君の集《しゅう》を読まるゝ人が誰も感ぜられるであろうごとく、童謡に於《お》ける君の表現技術は已《すで》に老熟《ろうじゅく》と云っていゝほど巧妙《こうみょう》な域に達している」

下関の書店員のみすゞは、フランスにいる八十のこの賞賛を、どんな気持ちで読んだでしょう。

ちなみに、増三の詩集を出した交蘭社は、八十の第一詩集『砂金』、第二詩集『静かなる眉』、野口雨情の童謡詩集『十五夜お月さん』(一九二一)、さらにイングランドの詩人テニスンの物語詩『イノック・アーデン』(一九二四)、スコットランドの文豪スコットの物語詩『湖上の美人』(一九二五)などを刊行していた詩の出版社です。

大正十四年には、別の版元から佐藤よしみの第一童謡詩集『みなとの子』が発行。さらに昭和三年、島田忠夫の童謡詩集『柴木集《しばきしゆう》』が岩波書店から出版されるのです。

『金子みすゞ童謡詩集』は出ない

みすゞには書籍化の話はなかったようです。みすゞが大正十四年に書いた詩には、中央詩壇の詩人になれない諦念《ていねん》をうかがわせる作品もあります。

まず、みすゞが参考にしたと思われる八十の詩です。

遠い百合　　　西條八十

「湖水《こすい》のふちへ行《ゆ》かなけりゃ
巨《おお》きな百合《ゆり》は採《と》れません」
麓《ふもと》の木樵《きこり》が云《い》いました。

「お山《やま》のてっぺんへ行《ゆ》かなけりゃ
巨《おお》きな百合《ゆり》は折れません」
湖水《こすい》の船頭《せんどう》が云《い》いました。

そこでてっぺんへ行《い》ったれば
懸巣《かけす》の鳥《とり》が云《い》いました。
「青《あお》い空《そら》まで行《ゆ》かなけりゃ
巨《おお》きな百合《ゆり》はありません」

「童話」大正十三年六月号、巻頭詩

八十の詩の「百合」は、幸い、芸術の美、完璧な詩の喩《たと》えでしょう。

木樵は、それは湖水のふちにあると言う。しかし湖水へ行くと、船頭が山にあると言う。そこで山へ行けば、鳥がそれは青い空に、つまり人の手の届かないところにあると言うのです。さながらドイツ浪漫派の詩人カール・ブッセ(10)の詩「山のあなた」(11)を思わせます。

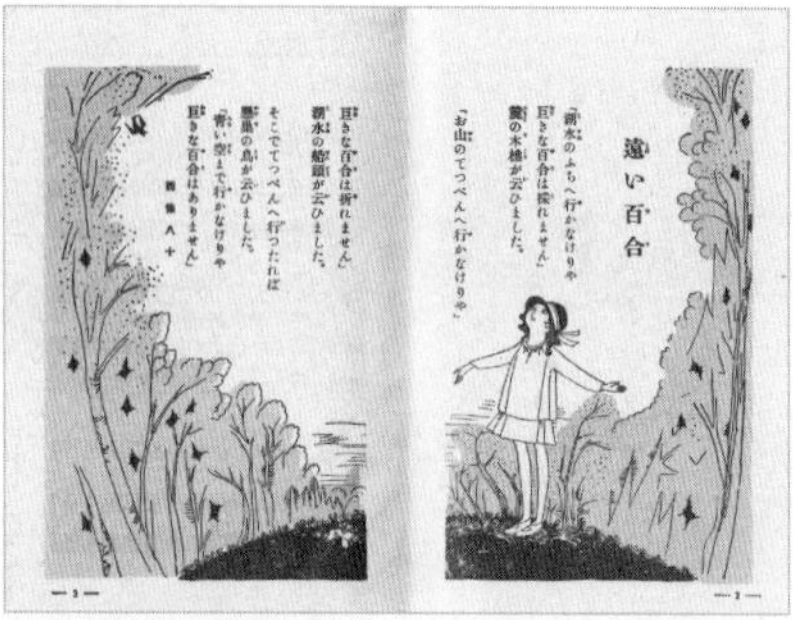

「遠い百合」掲載誌面

「百合」の暗喩《あんゆ》を受ける作品を、みすゞは「童話」に投稿しています。

杉の木

金子みすゞ

「母《かあ》さま私《わたし》は何《なに》になる。」
「いまに大《おお》きくなるんです。」
杉《すぎ》のこどもは想《おも》います
（大《おお》きくなったらそうしたら
峠《とうげ》のみち　百合《ゆり》のよな
大《おお》きな花《はな》も咲《さ》かせよし
ふもとの藪《やぶ》のうぐいすの
やさしい唄《うた》もおぼえよし……。）
「母《かあ》さま、大《おお》きくなりました
そして私《わたし》は何《なん》になる。」

「童話」大正14年6月号

杉《すぎ》の親木《おやき》はもういない
山《やま》が答《こた》えていいました
「母《かあ》さんみたいな杉《すぎ》の木《き》に。」

「童話」大正十四年六月号、佳作、吉江孤雁選

山中の小さな杉の子が、大きくなったら、人の通る峠の道に、大きな百合を咲かせたい、山のふもとのうぐいすの澄んだ唄も歌いたいと憧れていた。ところが大きくなった杉の子は、まだ山にいて、母と同じ山奥の杉の木であった……。

この作品には、東京で詩集が刊行されるような詩人にはなれないかもしれないという、みすゞの諦《あきら》めに似た境地が感じられます。

杉に夢を託す詩を、みすゞは、この詩よりも先に書いています。

杉と杉菜《すぎな》
金子みすゞ

一本杉《いっぽんすぎ》はうたう。
あの山のむこうの

大きな海のなかに、
蝶々《ちようちよ》のような、
白帆《しらほ》を三つ、みたよ。

一本杉はうたう。
あの山のむこうの
大きな町のなかで、
青銅《からかね》の豚が、
水を噴《ふ》くのをみたよ。

一本杉の下で
杉菜がうたう。
私もいつか、
あんなに伸びて、
遠くの遠くをみようよ。

『空のかあさま』

第一連では、高い一本杉が、山のむこうの広い海に、ひらひらと軽やかに飛んでいく蝶々のような白帆の舟を遠く見晴らします。みすゞの詩では、「帆」は未来への夢やあこがれを暗示します。また「山のむこう」は、カール・ブッセの「山のあなたの空遠く」から連想されるように、憧れや幸いのある理想郷です。

第二連では、その「山のむこう」で、青銅の豚が水を噴いています。これはアンデルセン童話「青銅のイノシシ」から採《と》られています。

この青銅のイノシシは、イタリアの芸術の都フィレンツェにあり、口から水を出して、人々が喉を潤すのです。この背中に、心の純粋な男の子が乗ると空を飛んでいきます。男の子はイノシシに乗って広場でミケランジェロのダビデ像を見たり、サンタ・クローチェ教会でガリレオやダンテの美しい墓碑彫刻をみて芸術にふれて、長じては画家になり……という物語です。つまり青銅のイノシシは、崇高なる芸術への導き手です。

第三連では、高みをめざす世界から足もとへ目をむけて、一本杉の下に生える小さな杉菜《すぎな》のつぶやきです。

杉菜とは、春のつくしの後に生える低い草で、その葉は、杉の葉に似ています。杉菜は、いつか杉の木のように大きくなって、理想の地や、芸術の都《みやこ》を見たいと夢を語るのです。野辺の小さな子どもが、遠い海の白帆や、遠い都の芸術にあこがれる心境を明るく詠っています。

サンタ・クローチェ教会、フィレンツェ

ミケランジェロ作ダビデ像

ガリレオの墓、教会内

ダンテの墓碑、教会内

しかし手書き詩集二冊目の『空のかあさま』では、この後に、「杉の木」が書かれ、夢破れた心情を吐露しています。理想と芸術を遠くに望んでいる「一本杉」と、その夢がやぶれた「杉の木」は、おそらくは同じ杉の木なのでしょう。

自分から籠《かご》に閉じこもる「私」

この時期に書いた『空のかあさま』には、「私」の生き方を描いた詩もあります。このノートを、結婚前の大正十五年二月に雅輔に読ませていることから、大正十四年には、書かれていた作品です。

光の籠《かご》

金子みすゞ

私はいまね、小鳥なの。

夏の木のかげ、光の籠《かご》に、
みえない誰かに飼《か》われてて、

知っているだけ唄うたう、
私はかわいい小鳥なの。

光の籠はやぶれるの、
ぱっと翅《はね》さえひろげたら。

だけど私は、おとなしく、
籠に飼われて唄ってる、
心やさしい小鳥なの。

『空のかあさま』

この小鳥は、鍵のかかった籠に閉じ込められているわけではありません。翅を広げれば見えない籠を破って自由になり、羽ばたいて飛んでいくことも、知らない唄を探しに旅に出ることもできるのです。

しかし小鳥は、目に見えない籠という檻《おり》、囲い、あるいは規範《きはん》に自ら閉じこもり、小さな空間におとなしく飼われている……。この詩が象徴的に表すものは明らかでしょう。

ちなみに、みすゞと同じ明治三十年代生まれで山口県ゆかりの女性の書き手に、宇野千代（12）（大正十一年「中央公論」に懸賞小説「墓を発《あば》く」が掲載）と林芙美子（13）（昭和三年から「女人芸術《にょにんげいじゅつ》」で『秋が来たんだ―放浪記』を連載）がいます。

二人とも、ある意味では自由奔放かつ度胸のある女性であり、籠を飛び出して東京へいき、時には世間の泥水も飲みながら、大きく羽ばたき、文筆家の道を切り開きます。

この詩で大切なことは、みすゞは、「私」という小鳥が、自分の意志で見えない籠に閉じこもっていることを自覚し、それを言語化し、さらに詩という作品として表現している点にあります。子どもの童謡詩の範疇《はんちゅう》を超えて、一人の女性としての生き方を優しい表現ながら、厳しいまなざしで見つめているのです。

控えめで堅実なみすゞは、当時の「良妻賢母」の枠の中で生きるつもりであったでしょう。しかし聡明な彼女は、第二章の詩「女の子」で見た通り、「女の子らしさ」が女性への抑圧であり、女が目に見えない規範に封じ込められていることを理解しています。にもかかわらず、その囲いに自ら閉じこもり、出ようとしない。周囲に従う方が女は、かわいげがあると言われる、家にいる女こそが「賢い」と呼ばれた時代の従順さです。

しかし、その心境をわざわざ詩に書き上げることは、従順な女の態度ではありません。むしろ妥協して生きる自分の欺瞞《ぎまん》を見つめる恐ろしいほどの冷静さであり、可愛らしい言葉づかいのむこうに、自分を諦めた物憂い悲しみもにじんでいるようです。

第五章
みすゞの結婚
童謡詩の衰退

みすゞと夫の婚礼写真・木原豊美氏提供

大正十五年、みすゞの結婚

大正十四年春先、上山文英堂に新しい店員が入ります。彼の親族に取材、協議した結果、仮名で宮田敬一とします。彼は二つ年上の二十四歳。熊本県出身、母を亡くし、継母《まま》母《はは》との折り合い悪く、小学校を出ると博多で株式取引などをへて、下関の文英堂に入った苦労人です。商売上手の働き者で、番頭と目される男でした。

上山文英堂では、店主の松蔵が脳梗塞《のうこうそく》で二度、倒れ、入院治療もしていました。松蔵は万が一に備えて、まだ二十歳の雅輔が店を経営できるようになるまでの中継ぎとなる経営者が要《い》ると考えたのです。松蔵は、みすゞと敬一の結婚を決めます。

敬一の人となりについて、彼の再婚後の家族（みすゞの死後に再婚）とみすゞの娘の上村ふさえ氏に取材しました。

すると彼は下戸《げこ》で、酒は一滴も飲めず、奈良漬けを齧《かじ》っただけで顔が赤くなる、煙草も吸わない、甘党で饅頭《まんじゆう》と焼き芋が大好物。話し好きで、芝居好き、愛嬌があった、朝鮮戦争のころは鉄スクラップを集めて一山当てた、山っ気があり、目端《めはし》のきく商才の持ち主だった、と聞きました。

話し好きで頭の回転が早い商売人……。松蔵は、そうした男を、みすゞの伴侶として選んだのです。

上山文英堂では、独身の店員は、店の奥や二階で同居することになっていました。みすゞと敬一は、同じ店で働き、同じ屋根の下に寝起きして、食事も共にしていた同僚です。たがいに気心もわかっていたことでしょう。

二人の婚礼写真を何枚か見ると、敬一は、なかなかの男前です。花嫁衣装のみすゞは嬉しそうな顔をしています。目がくりくりと踊り、口もとは口角が上がり、はにかみながらも微笑んでいます。

ちなみに、結婚の翌年に雅輔がみすゞに宛てた書翰《しょかん》には、みすゞが敬一と一緒になったことについて「われからすゝんで、ころげこんでしまわれチャア」と書いています。松蔵は、商売のためにこの縁組みを決めたにしろ、みすゞが多少なりとも好感をおぼえていた男性と縁組みさせたのでしょう。

みすゞと敬一は大正十五年二月に祝言《しゅうげん》を挙げ、新婚夫婦は文英堂の一室に暮らし、のちに二人の所帯を持ちます。父と別れ、母が去り、両親のいない寂しさを経験したみすゞにとって、結婚して、子どもを産み育て、暖かな家庭をもつことは、胸のなかに小さな火を灯すように温めていた願いだったでしょう。

その春、八十は二年のフランス留学を終えて帰国、「童話」の選者に戻ります。

するとこの大正十五年四月号の童謡特別号の特別募集童謡で、みすゞの詩「露《つゆ》」はトップに返り咲きます。

さらに七月、みすゞは、島田忠夫らと共に、童謡詩人会の会員として認められ（女性詩人では与謝野晶子に次いで二人目）、同年発行の『日本童謡集』（新潮社）に「大漁」と「お魚」が掲載されます。みすゞの詩が初めて書籍に載ったのです。

八十の帰国により、みすゞの文運《ぶんうん》は一挙に好転しますが、彼女は結婚してすぐに身ごもり、同じ年の秋、娘を出産。乳飲み子の育児に追われ、みすゞと八十の運命は、またすれ違っていきます。

「童話」の廃刊、童謡詩の衰退

みすゞが結婚した年、「童話」は、大正十五年七月号を最後に、予告なしで廃刊になります。活字で読む童謡詩のブームが減速し始めたこと、また、関東大震

「童話」大正15年7月号

みすゞが娘を出産した家、下関市内

災後の不況で書店からの返本が増えていたのです。

ちなみに、「童話」の定価は三十銭です。

大正十四年の物価を見ると、鯛焼きが一銭五厘《りん》、江戸前寿司が二十銭、うな重が五十銭、小学校教員の初任給が五十五円ですから、毎月、「童話」を購入できる家庭は、教育熱心な中流以上だったでしょう。

こうして、みすゞの詩を最も多く載せていた文芸誌が消滅したのです。

しかしこの大正十五年春、詩の専門誌「愛誦」（交蘭社）が創刊され、途中から八十が主宰します。するとみすゞは投稿先を「愛誦」に変えます。

このようにみすゞは、大正十三年に八十が渡仏して「童話」に詩が載らなくなると「赤い鳥」へ投稿先を変え、作風があわないと『琅玕集《ろうかんしゅう》』を編んで数百の詩を書き写して勉強し、大正十五年に「童話」が廃刊になると、今度は「愛誦」へ詩を送ります……。

彼女が常に発表媒体を探して、投稿先を変えていたことが、詩の初出誌リスト（巻末）を作って、わかったのです。

「愛誦」大正十五年十二月号に、「世界中の王様」が載っています。この号は十一月発売ですから、この年の夏に「童話」廃刊を知ったみすゞは、すぐさま八十に連絡をとったのです。

世界中の王様

金子みすゞ

世界じゅうの王様をよせて、
「お天気ですよ。」といってあげよう。

王様の御殿《ごてん》はひろいから、
どの王様も知らないだろう。
こんなお空は知らないだろう。

世界じゅうの王様をよせて、
そのまた王様になったのよりか、
もっと、ずっと、嬉しいだろう。

「愛誦」大正十五年十二月号

「愛誦」には、目次にも、作品名と彼女の筆名が印刷されています。
この詩の大らかな気持ちの良さは、どうでしょう。いつもお城にいる王様は、大きな

「愛誦」昭和3年10月号、表紙・三村善夫

「愛誦」昭和2年7月号、表紙・村上秀隆

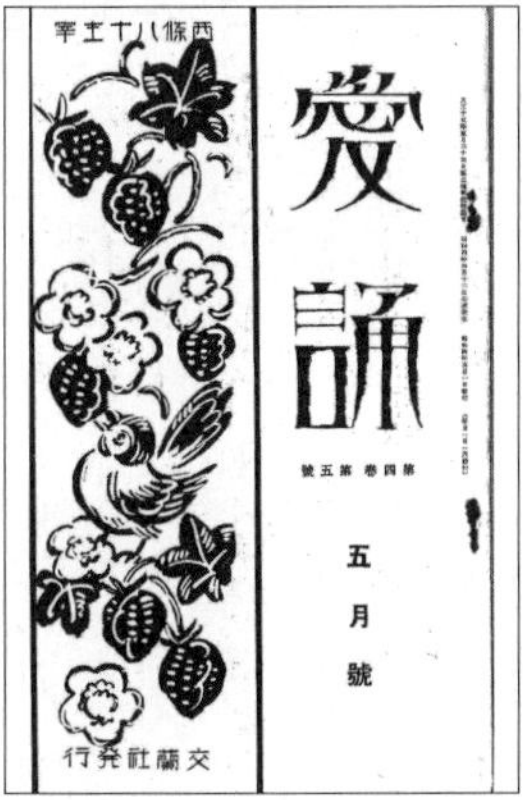

「愛誦」昭和4年5月号、表紙・三村善夫

「愛誦」昭和4年3月号、表紙・三村善夫

お城にお住まいで外にお出かけにならない。美しい青空をご存じないだろう。けれど私は、この広く、高く、美しく、青い空を知っている。それは世界中の王様よりさらに上に立つ王様よりも幸せで、嬉しい。

二月に結婚したみすゞは、この詩を投稿した夏、身ごもっていました。ほどなく秋に産み月をむかえるみすゞが初めて「愛誦」に送ったこの詩には、母親になる晴れやかな喜び、新しい雑誌に、これからまた詩を送って入選に期待をつなぐ希望が輝いています。

みすゞの作品は、「愛誦」に、大正十五年秋から昭和四年夏までの四年間に、三十作が掲載されます。「明るい方へ」「蜂と神さま」「女の子」「さみしい王女」「まつりの頃」「夕顔」「土」など名作ぞろいです。

みすゞは、結婚した後も、母親となってからも、筆を休めず、八十へ詩と手紙を送り続けていたのです。

「さみしい王女」

ただし結婚後のみすゞの心には「さみしい王女」が棲《す》んでいたようです。

さみしい王女

金子みすゞ

つよい王子にすくわれて
城へかえったおひめさま

城はむかしの城だけど
薔薇もかわらず咲くけれど
なぜかさみしいおひめさま
きょうもお空を眺めてた。

魔法つかいは怖いけど
あのはてしない青ぞらを
白くかがやく翅《はね》のべて
はるかに遠く旅してた
小鳥のころがなつかしい。

町の空には花が飛び
城に宴《うたげ》はまだつづく。

それもさみしいおひめさま
まひるの静かな花ぞので
真紅《まっか》な薔薇は見も向かず
お空ばかりを眺めてた。

「愛誦」昭和二年三月号

「光の籠」と対になっている作です。強い王子に助けられて城へ戻ったけれど、白い翅をひろげて遠くへ飛んで旅していたころがむしろ懐かしい、今いる城は宴がにぎやかだけれど、静かな花園で、きれいな薔薇には目もくれずに、果てしない青空を眺めているばかりのさみしい王女……。

昭和一年は一週間しかありませんでしたので、この詩は、掲載の前年、つまり結婚した大正十五年に書かれた作と思われます。結婚して家庭というお城に入った安堵と、家庭におさまった飽き足らなさと……。相反《あいはん》する女心が感じられます。

八十が「愛誦」に寄せた恋の詩

詩の専門誌「愛誦」に、八十はどんな詩を寄せていたでしょうか。文学的な詩だけでなく、気の利いた小曲（短い詩）も多く書いています。

即興《そつきよう》

西條八十

秋のこみちに
わがあぐる
寂しき花火を見たまえ。
野菊、龍胆《りんどう》、蓼《たで》、女郎花《おみなえし》、
捲《むし》られて
高くとぶ。

秋空は一碧《いつぺき》、
花はむなしく、音《ね》もたてず、

翅《つばさ》やぶれし蝶のごと
わが肩の上《へ》にふりかゝる。

君よ、
三十路《みそじ》過ぎて
きょうも恋に悩める男が、
歩みつゝ、うちあぐる、
あやしき自棄《じき》の花火を見たまえ。

「愛誦」大正十五年十一月号、巻頭詩

みすゞは、この詩「即興」が気に入ったらしく、アンソロジー『琅玕集』に書き写して入れています。

八十には恋愛で結ばれた妻も子もありましたが、恋多き男であり、留学先の巴里では日本人画家と真剣な恋愛関係にありました。帰国後も恋と遊蕩《ゆうとう》は途切れることなく、晩年になって様々な女性たちを追想した『女妖記』まで著しています。

影

西條八十

今となっては憎い女《おんな》であった、
美しい顔でかぎりない偽《いつわ》りを言った、
いくたびも自分を裏切った女であった、
男はなんの未練もなく、おもいきり力を籠《こ》めて、
最後の「さよなら」を言った。

けれどその瞬間、男は、
眞昼《まひる》のクロバーの野路《のみち》に落ちた
女の黒い影を見た、
それはむかし、純《じゅん》で優しかったころの
彼女の姿をなおそのままに見せていた。

男は口で「さよなら」を言いながら
その影のうえに熱い涙をながした。

「愛誦」昭和三年八月発行

庭にて

西條八十

うつる、うつる、
小鳥が移る、
軽く、軽く、
樹《き》から樹へ。

あのように軽く、たやすく、
あの女《ひと》のことが、悲しい昔が、
忘れられたら、と
眺めつつおもう春の朝《あした》の庭。

うつる、うつる、
小鳥が移る、
軽く、軽く

枝から枝へ。

「愛誦」昭和二年六月号、巻頭詩

西條八十と面会、夫の本音

大正十五年十一月、みすゞは女の子を出産して、娘を溺愛します。翌十二月に大正天皇が崩御され、昭和元年は年の暮れ一週間でした。

続く昭和二年、みすゞに喜びがありました。

その夏、講演会で九州へむかう西條八十から電報が届き、船に乗りかえる下関駅で短時間、会うことになったのです。

みすゞは、一歳にならない娘をおぶって、駅へ向かいました。八十は、彼女が十代から愛読した詩人であり、「童話」「愛誦」に自作を載せてくれる東京の人気詩人です。みすゞの感激はいかばかりだったでしょう。

さて、私はこれまで彼女の歓喜にばかり共感していましたが、NHK・Eテレの番組「100分de名著」「金子みすゞ詩集」の収録のとき、伊集院光さんがおっしゃった「でも、夫にとっちゃ、嫌だろうね」という言葉に、目からうろこが落ちる思いをしたのです。

明治生まれの夫、敬一にしてみれば、自分の妻が、人気詩人に心酔《しんすい》して手紙をやりとりしていることも、その詩人が高尚な詩を書いてフランス文学を研究する大学教授であると同時に、惚れた腫《は》れたの詩を書いている優男風《やさおとこふう》であり、その男に家内がいそいそと会いに出かけることも、不愉快だったのです。

もっと言えば、「曼珠沙華《まんじゅしゃげ》」の同人である忠夫、よしみといった年若い男性と文通をして、自分のわからない詩歌の世界で心が通じ合っていることも、面白くなかったでしょう。

現代の夫であっても、妻が自分の知らない男たちと楽しげにメールや手紙をやりとりして、仲間うちだけの話題で盛り上がり、一人で机にむかって返事を書いていたら、嬉しくはないでしょう。夫の立場になってみると、妻が八十を敬愛していることも、同人誌仲間の男たちとの文通も、いらだたしかったのです。

みすゞ、上山文英堂を離れる、発病

その年、昭和二年の秋、夫の敬一は文英堂を辞めます。もともと書店経営に興味がなかった雅輔が敬一のやり手の商売に劣等感をおぼえて嫌気がさし、衝動的に二度、家出をしたところ、それを二人の不仲と勘違いした松蔵が、敬一につらく当たったのです。

敬一とみすゞは上山文英堂を出て、別に所帯を持ちました。敬一は紙風船やくじなどの玩具《おもちゃ》を、駄菓子屋に卸《おろ》す問屋業を始めます。商いは繁盛し、熊本の実家から弟を呼びよせ、九州にも取引先を拡《ひろ》げます。男盛りの敬一は金回りがよくなる一方、妻は乳飲み子を抱えている……。彼は遊郭に出かけます。

戦後の昭和三十一年まで、売春は合法であり、港町下関には遊郭が複数ありました。みすゞは夫から感染して、淋病《りんびょう》をわずらいます。

今の感覚では極悪非道な夫に思えますが、当時の法律では、夫に貞操義務はありませんでした。淋病は国民病とも呼ばれるほどで、罹患《りかん》する男性は珍しくなく、新聞には「りん病薬」の広告が毎日のように載っています。

夫から妻への感染も多く、女性団体は、淋病男性の結婚制限を活動目標に掲げたほどでした。女性にとって、性病は、肉体的な苦痛はもちろんのこと、精神的にもつらく、夫への不信感と嫌悪が増したことでしょう。

翌昭和三年、忠夫は下関を訪れますが、みすゞは病臥《びょうが》していて会えませんでした。昭和四年、彼女は入院します。それほど病状は深刻だったのです。抗生物質のない時代、女性の炎症は体の奥へ広がり、痛みが激しく、重くなりがちでした。

昭和三年、雅輔の上京、文藝春秋社へ

弟の雅輔は、大正十二年の関東大震災で職場の書店が全焼したために下関に帰り、みすゞの詩の批評やアドバイスをしていました。しかし本を売る仕事よりも、文化を創る仕事に就きたいと、昭和三年の夏、再上京します。

回想録「年記」によると、古川緑波（ロッパ）が副編集長をつとめていた雑誌「映画時代」編集部（当時の文藝春秋社）を訪ねるうち、ロッパから日活映画「猿飛佐助　恋愛篇」（雅輔のシナリオノートでは「猿飛佐助の恋」）の脚本の代筆を頼まれ、翌四年から編集部で働くことになったのです。

雑誌「映画時代」を読むと、彼は、邦画、洋画、様々なレビュー（ダンスや歌曲などのショー）の記事を、上山《かみやま》雅輔という署名入りで書いています。テレビのない時代、映画（活動写真）は花形メディアであり、雅輔は、松竹蒲田などの撮影所で、人気絶頂の映画スターや監督の取材を手がけます。

彼は社主の作家、菊池寛のもとで、編集者だった石井桃子（1）、永井龍男（2）らと働き、同社発行の雑誌「文藝春秋」「婦人サロン」にも、執筆の場を広げていきます。

さらにロッパが映画館で無声映画の弁士をつとめたり、得意の「声帯模写」（声の物真似）の舞台に出ると、裏方を手伝い、弁士や役者にも知りあいが増えます。

「映画時代」昭和4年6月号

「映画時代」昭和4年7月号

「映画時代」昭和5年1月号

「映画時代」昭和4年12月号

アパートに帰ると、休日返上で、映画や芝居の脚本家をめざしてシナリオを書き、いの一番に文学の友であるみすゞに郵送して読んでもらい、批評をもとめています。

東京の出版界、映画界、演劇界で華々しく活躍する雅輔と、下関のみすゞは、昭和五年のみすゞの死の直前まで、文通を続けます。

大正時代の雅輔は、「童話」誌上を飾るみすゞの詩を驚嘆と憧れのまなざしで読んでいましたが、昭和に入ると、東京の出版界と映画界で人脈を広げて多忙を極めていく雅輔と、下関で転居をくり返しながら病気と夫婦仲の悪化に苦しむみすゞは、立場が逆転していくのです。

「金の星」廃刊、「赤い鳥」休刊、八十の転身

昭和四年には、雨情が童謡欄を担当していた雑誌「金の星」（「金の船」を改称）が廃刊、白秋の「赤い鳥」は休刊します。

これにより童謡詩の人気を牽引《けんいん》していた三大雑誌がすべて書店から姿を消し、文学としての童謡詩ブームは終わりに近づきます。

衰退の背景には、童謡詩の誕生を後押しした大正デモクラシーのリベラルで文化的な気運の消滅があります。大正十四年、治安維持法が制定され、民主的な論調は翳《かげ》りはじ

め、自由な表現、子どものための自由な教育も否定されていきます。

また大正十四年のラジオ放送の開始、レコードの普及により、童謡はレコードやラジオで聞いて歌う音楽となり、雑誌を買って読む詩歌文学としての力が弱まったのです。

こうした時代の空気に敏感に反応したのが八十です。

八十は、雑誌に詩を書くかたわら、流行歌の作詞に、少しずつ活躍の場を移していきました。

昭和四年、菊池寛の小説を原作にした日活映画「東京行進曲」の主題歌（昔恋しい銀座の柳）を手がけます。

これは銀座、ジャズ、リキュール、ダンス、東洋初の地下鉄、丸ビルといった昭和モダンの帝都の風俗を詠い、レコードは全国の蓄音機の台数を上まわる二十五万枚を売る大ヒットとなります。

映画「東京行進曲」は舞台のレビュー（ショー）にもなり、雅輔はその記事も「映画時代」に書いています。

「かなりあ」や「海にて」などの浪漫溢《あふ》れる詩を書いていた八十の変節、童謡の三大誌の廃刊休刊は、下関のみすゞには衝撃だったはずです。

死んだ魚たちの魂、暗い死の影

みすゞの最後の手書き詩集『さみしい王女』には、暗さや諦念の漂う陰鬱な詩が書かれるようになります。夫から移された病気のつらさ、遊郭へいく夫への不信感、童謡の衰退によるみすゞの沈みがちな心が反映されているようです。

魚市場《うおいちば》

金子みすゞ

瀬戸《せと》に
渦《うず》まく
夕潮《ゆうしお》

とおく
とどろく
夕暗《ゆうやみ》

市《いち》のひけた
市場に、
海からかげが
のぞくよ。

子供《こども》は、子供は、
どこにと、
何か、何か、
のぞくよ。

秋刀魚《さんま》の色した
夕ぞら、
烏《からす》が啼かずに
わたるよ。

『さみしい王女』

下関の関門海峡に面して、唐戸《からと》市場《いちば》という魚市場があります。市がひけると、市場は暗く、濡れたたたきも、夕方は寒々と陰っています。死んだ魚の魂や得体《えたい》のしれない影が子供をもとめ、青魚色の暗い日没の空を黒々としたからすが声もなくわたっていく。
これはすでに童謡詩ではありません。みすゞの詩を特徴づける七五調の定型詩でもなくなっています。デビュー詩となった「お魚」で「海の魚はかわいそう」と慈しんでいた魚は、死の影を帯びた不気味な存在へ変わっています。

早春《そうしゅん》

金子みすゞ

飛んで来た
毬《まり》が、
あとから子供。

浮いている
凧《たこ》が、
海から汽笛《きてき》。

飛んで来た
春が、
きょうの空　青さ。

浮いている
こころ、
遠い月　白さ。

『さみしい王女』

ふいに毬《まり》が飛んできて、あとから子供が追いかけて飛んでくる。勢いのある地上の情景です。次に、視点は凧《たこ》のあがる空中へと上がり、その空に海から汽笛が響いてくる。さらに視点は高くあがり、青い空に、春が飛んでくる。しかしその空に、詩人のこころは浮いているのです。遠い、白く淡い月のように……。

視点の移動と、早春のそこはかとない物憂さ、宙ぶらりんで浮いて定まらない心……。この詩も童謡詩ではありません。

昭和三年に雅輔がみすゞに送った葉書には、「童謡は既に末世《まっせ》となり終えぬ。「大人もの」を試みるも、よからんか」と書いています。

みすゞ、手書き詩集三冊を、八十と雅輔へ

八十は、詩の雑誌「愛誦」の主宰を、昭和二年一月号から昭和四年七月号まで続け、その間は、みすゞの詩が三十作、載っています。

しかし昭和四年八月号から、八十は主宰をおります。「愛誦」の表紙から「西條八十主宰」という惹句《じゃっく》もなくなります。以後、みすゞの作品が誌面を飾ることは、二度とありませんでした。これも彼女の失意、深い落胆を招きます。

みすゞの詩が載った「童話」「金の星」「赤い鳥」の三大誌が消え、さらに「愛誦」も失ったのです。

発表媒体をすべて失ったみすゞは、どうしたのか……。

彼女は、また行動を始めます。

八十が「愛誦」の主宰を下りた昭和四年夏から、それまでに書きためた約五百作の詩を書き直しながら清書して、八十と雅輔に郵送する作業に入るのです。

もしかすると、そこから良作を選んで『金子みすゞ童謡詩集』を出版してもらえたら……という淡い期待もあったのかもしれません。

と言うのも、前述のように「童話」の投稿欄で交友した渡邊増三《しばきしゅう》、佐藤よしみに加えて、好敵手だった島田忠夫も、昭和三年に、第一童謡詩集『柴木集《しばきしゅう》』を岩波書店から出

していたのです。

島田忠夫の初詩集『柴木集』

『柴木集』は、「田螺」、「沼」など「童話」の投稿欄に載った三十九作がおさめられ、風雅な墨絵も添えられています。

序文は、「童話」で選者をつとめた吉江孤雁が書いています。

［近来童謡の作家は数多くあるが、大方それのみに専心している人は少ない。『柴木集』の詩人、島田忠夫氏は童謡詩をもって生命として居られる。私は近来生れたる真の童謡詩人としては氏一人を見るだけである。島田氏の童謡詩はまったく新しい氏の全生命の表現である。ここに敬虔《けいけん》がある。清新《せいしん》がある。そして一種の樸素《ぼくそ》な雅味《がみ》がある。］

そして忠夫による村落の描写については、［初めて眼を開いて山河《さんが》に接するような清新さである。そしてそのなかに混在する人事がいかにも深いなつかしさをもって、人の心をなごめて呉《く》れる。それが古雅味《こがみ》である。］と絶賛しています。

「巻末記」に忠夫は書いています。

「詩はおおく好んで材を田野《でんや》に採《と》り、農家を写し、村童《そんどう》を描いている。鄙《ひな》びて『柴木集』と名づけたのも之《こ》れによる。」と昭和三年に書いていた忠夫が、戦争中は変わっていくことを、のちに紹介しましょう。

「帆」と題した二つの詩

童謡三大誌の廃刊休刊は、八十のような人気詩人の童謡詩集でない限り、版元の利益が出ないという厳しい現実を示しています。

みすゞが大正十五年から昭和四年頃に書いた手書きノートの三冊目『さみしい王女』には、詩集が刊行される詩人になることへの諦めの境地が漂う詩が散見されます。

帆《ほ》

金子みすゞ

ちょいと
渚《なぎさ》の貝《かい》がら見た間に、
あの帆はどっかへ

行ってしまった。
こんなふうに
行ってしまった、
誰かがあった――
何かがあった――

『さみしい王女』

少しよそを見ているうち、海にあんなに白く輝いていた船の帆がどこかへ行ってしまった。同じように、結婚して、わが子を産み育てている間に、童謡詩の流行は去ってしまった、師と慕《した》ったあの人も離れてしまった、父母のそろった幸せな家庭をもつ夢も、子を産める健康な体も失われてしまった、あるいは時代が変わってしまった、人々の意識が変わってしまった、社会が変わってしまった……。

時代は変わっていきます。人々の意識も移りかわっていきます。みすゞは時代が変わった喪失感とその痛みを独り言のようにつぶやき、一人浜辺に取り残された孤独、時代に取り残された悲しみがたゆたいます。

みすゞは、同じ題名の詩「帆」を、手書き詩集の一冊目「美しい町」（大正十二〜十三年頃）にも書いています。

帆

金子みすゞ

港に着《つ》いた舟の帆は、
みんな古びて黒いのに、
はるかの沖をゆく舟は、
光りかがやく白い帆ばかり。

はるかの沖の、あの舟は、
いつも、港へつかないで、
海とお空のさかいめばかり、
はるかに遠く行くんだよ。

かがやきながら、行くんだよ。

『美しい町』

このとき、舟の白い帆は、海と空のあわいの遠い水平線でまばゆく輝いています。この帆は、輝かしい未来への憧れ、美しく清らかな夢です。

しかし同じ「帆」が、昭和四年頃に書かれた詩では、どこかへ去ってしまい、見えなくなったのです。みすゞは意図的に同じ題名の詩を書くことで、詩にかける夢、未来にかける夢が輝いていた過去と、消えてしまった現在との対比を示しています。

敬愛する恩師の西條八十は、流行歌のほか、昭和四年には、少年むけに勇ましい詩も発表していました。傷つきやすい小さな心を詩に書いていたみすゞは、時代の変化だけでなく、自由な子どもの詩の書きにくさ、自由に物が言えなくなった社会の空気と圧力を、どことなく感じていたことでしょう。

去っていく影、過ぎていった時代

みすゞはほかにも、時代が去ったことを暗示する詩を、最後の詩集『さみしい王女』に書いています。

自動車

金子みすゞ

すぎてゆく
自動車に、
わたしの影《かげ》が
うつります。

自動車は
すぎてゆく、
わたしの影は
すぐ消える。

もう遠い
町のはて、
春の日ぐれの
雲の下。

自動車よ、
ああ、いまは、
誰《だれ》をうつして
いるのやら。

『さみしい王女』

昭和初期の下関は、馬車や人力車、荷車が一般的でしたが、そんな往来に、ぴかぴか光る外国製の自動車がさっそうと走りきて、「わたしの影」を映して、また去っていった。

「春の日ぐれ」の街角にたたずむ「わたし」の孤独、「雲の下」にいるかすかな閉塞感、何よりも、自動車にうつっているのは「わたし」ではなく、「わたしの影」という存在の薄さ。

この近代的な自動車は、新しい昭和モダンの潮流、新しいブームをうつすスクリーンとも読めるでしょう。かつてみすゞをスクリーンに大きく映していた童謡詩のブームは、あっという間に過ぎ去り、そして今、時代の潮流は、誰をうつしているのか……。

新時代を象徴する金属的で硬質な機械の自動車に、春の夕暮れのさまざまな女の深意をにじませて、詩趣の深い大人の詩です。

衣食足りた近代人の虚しさ

玩具《おもちゃ》のない子が　　　　金子みすゞ

玩具《おもちゃ》のない子が
さみしけりゃ、
玩具をやったらなおるでしょう。

母さんのない子が
かなしけりゃ、
母さんをあげたら嬉《うれ》しいでしょう。

母さんはやさしく

髪《かみ》を撫《な》で、
玩具は箱から
こぼれてて、

それで私の
さみしいは、
何を貰《もろ》うたらなおるでしょう。

『さみしい王女』

玩具のない子は、玩具があれば、さみしくなくなる。母のない子は、母さんがいれば嬉しい。しかし「私」には、母があり、玩具がこぼれるほどあるけれど、さみしい。そんな「私」は、いったい何があれば、その虚《むな》しい心は救われるのか。

この詩の「母」は家族や友人、「玩具」は衣食住や遊びの品々の喩《たと》えでしょう。「私」は、そしてあなたは、何がないために、寂しいのでしょうか。胸にぽっかり空いているこの虚《うつ》ろな空洞は、何があれば満たされるのでしょうか。

この詩では、それは家族でも、物質でもない。魂を満たす何か、生きる情熱を傾けられる燃えるような何か、それを求める静かな、しかし切実な詩人の声が聞こえてきます。

詩の「私」には、しかしそれは手に入らないのではないかという寂寥も感じられます。

そして誰にも、手にすることのできなかった夢や憧れがあることを思い出させるのです。

「登り得ずして帰り来し山」

手書き詩集ノート『さみしい王女』の最後から二つ目の詩は「紙の星」。

昭和四年の夏、みすゞは性病の悪化で入院しています。

詩の内容は、病室の少し汚れた白い壁に、紙の星が貼られていた。小さい蜘蛛の巣がかかり、雨のしみの浮いた壁に、去年のクリスマスから貼られたままになっている煤《すす》けた七つの紙の星があった。七つの星には、メ、リ、ー、ク、リ、ス、マと書かれていた、ここにどんな子どもが寝かされて、紙のお星を剪《き》ったのだろう、というものです。母親らしいまなざし、治らない病気へのやるせなさが漂います。

最後の作品は「きりぎりすの山登り」です。

きりぎりすの山登り

金子みすゞ

きりぎっちょん、山のぼり、
朝からとうから、山のぼり。
　ヤ、ピントコ、ドッコイ、ピントコ、ナ。

山は朝日だ、野は朝露だ、
とても跳ねるぞ、元気だぞ。
　ヤ、ピントコ、ドッコイ、ピントコ、ナ。

あの山、てっぺん、秋の空、
つめたく触るぞ、この髭《ひげ》に。
　ヤ、ピントコ、ドッコイ、ピントコ、ナ。

一跳ね、跳ねれば、昨夜《ゆうべ》見た、
お星のとこへも、行かれるぞ。
　ヤ、ピントコ、ドッコイ、ピントコ、ナ。

お日さま、遠いぞ、さァむいぞ、
あの山、あの山、まだとおい。
　ヤ、ピントコ、ドッコイ、ピントコ、ナ。
見たよなこの花、白桔梗《しらききよう》、
昨夜《ゆうべ》のお宿だ、おうや、おや。
　ヤ、ドッコイ、つかれた、つかれた、ナ。
山は月夜だ、野は夜露、
露でものんで、寝《ね》ようかな。
　アーア、アーア、あくびだ、ねむたい、ナ。

『さみしい王女』

　きりぎりすは、元気よく山登りを始めますが、結局は、山頂に行けないまま、眠りに落ちます。リズミカルな繰り返しがユーモラスで、軽やかですが、続く「巻末手記《かんまつしゆき》」と合わせて読むと、そこにみすゞが込めた真意を読み解くことができます。

巻末手記

——できました、
　できました、
　　かわいい詩集ができました。

我《われ》とわが身に訓《おし》うれど、
心おどらず
さみしさよ。

夏暮れ
秋もはや更《た》けぬ、
針もつひまのわが手わざ、
ただにむなしき心地する。

誰に見しょうぞ、
我さえも、心足《た》らわず

さみしさよ。
(ああ、ついに、
登り得ずして帰り来し、
山のすがたは
雲に消ゆ。)

とにかくに
むなしきわざと知りながら、
秋の灯《ともし》の更《ふ》くるまを、
ただひたむきに
書きて来《こ》し。

明日《あす》よりは
何を書こうぞ
さみしさよ。

『さみしい王女』

「登り得ずして」帰って来た山とは、何でしょうか。

みすゞの詩における「山」や「丘」の意味から類推すると、この山は、詩集を出したいという切なる願いではないでしょうか。

みすゞは、手書きの詩集ノート三冊『美しい町』『空のかあさま』『さみしい王女』の詩五百十二作を、八十が「愛誦」の主宰を下りた昭和四年の夏から書き直して、十月頃に完成し、十一月に、八十と雅輔に葉書で知らせてから、送ったようです。

文字数を計算すると、仮に一作あたり百十字として、五百十二作は五万六千三百二十字。八十と雅輔の二人分と自分用の控えで三人分ですから、合計十六万九千字近くになります。

三つになる娘を育て、家事をしながら、それだけの文字を万年筆で清書するのに、どんなに根を詰めたことか、どんなに日数がかかったことか。

そこまでみすゞを突き動かした熱意の源泉は、いったい何だったのでしょうか。

みすゞは、八十と雅輔の二人にわかってもらえたらいいと書いていたようですが、心の底では、五百十二作から良いと思われる作品を選んで、『金子みすゞ詩集』を出してもらえたら……という秘かな願いがあったのではないでしょうか。

なぜなら八十は、各社から詩集や本を出している影響力のある人気詩人です。弟の雅輔は、文藝春秋社で働く編集者であり、出版の現場にいます。

しかし手書きの詩集を東京に送っても、二人から詩集発行の返事はありませんでした。童謡ブームが去って出版社は詩集では採算が見込めなかったこと、また女性童謡詩人の評価が低かったことも理由に挙げられるでしょう。

詩人の与田準一(3)は、戦後に『日本童謡集』(岩波文庫)に書いています。

「かつてわたくしは、日本の創作童謡は、マザア・グウスならぬファザー・グウスだと書きました。童謡運動の代表詩人を始め、(略)作者たちの多くの作品が、その父親期の所産となっているからです。」

つまり当時、若い父親だった白秋、八十、雨情の本は出ても、母であるみすゞ、さらに同じように童謡詩を多数書いていた歌人与謝野晶子の童謡詩集も刊行されなかったのです。

言葉の力を信じ続ける

みすゞはこの手書き詩集の清書を終えた昭和四年秋から、今度は、娘の片言の言葉を書き集めた『南京玉』(4)に着手します。可愛い娘の言葉を記録しておきたいという母の思いと同時に、幼な子の無垢な発想を書きとめて詩作の参考になれば、という考えもあったのかもしれません。

彼女はつねに黒いインクの万年筆を持ち、蟻のようにも見える小さな文字を書いていた、言葉の力を信じ続けていたのです。

硝子《がらす》と文字

金子みすゞ

硝子は
空《から》っぽのように
すきとおって見える。

けれども
たくさん重なると、
海のように青い。

文字は
蟻《あり》のように
黒くて小さい。

けれども
たくさん集まると、
黄金《きん》のお城《しろ》のお噺《はなし》もできる。

『さみしい王女』

文字の一つ一つは蟻のように小さなものです。しかし文字を書き連ねていくと、黄金に輝くお城のお伽噺《ときばなし》も、麗しい詩も、壮大な物語も創りあげることができます。みすゞは言葉のもつ可能性と力を信じていたのです。

第六章
みすゞの死
西條八十の哀悼

死去の前日に撮影した写真
木原豊美氏提供

昭和五年、みすゞの死

昭和五年三月、みすゞは自ら命を絶ちます。

昭和五年の雅輔日記によると、彼は四年の暮れに下関の実家に帰省し、正月は上山文英堂に来たみすゞと会っています。

雅輔は映画の脚本家をめざして書いたシナリオ「郊外住宅」をみすゞに送り、批評をもとめていました。

昭和5年の雅輔日記「文藝自由日記」（文藝春秋社刊）を使用

「昭和五年一月四日（土）
下関も今日限りである。朝みすゞ女史が遊びに来る。堅《けん》ちゃん（引用者註・兄の堅助のこと）と口をそろえて、シナリオ「郊外住宅」をほめる。それに刺激されたと云って、「名刺」と云うシナリオの一部を持って来た。おひるは三人そろっての賑やかな別れの宴。」

「昭和五年一月五日（日）
あわただしい出発の朝。みすゞ女史と、堅ちゃんが送って来てくれる。それはよかったが、駅で乗合を降りるときトランクを下ろすのを忘れてしまって、とうとう持って行けないことになった。大した不自由もしないが、折角の立ちぎわをヘマをしたのがしゃくだ。花井、和久、豊永が見送りに来てくれた。宮田さんも。」

これは、雅輔が生きているみすゞと会った最後になります。

脚本家を目指してシナリオを書いていた雅輔の「シナリオノート」には、「猿飛佐助の恋」や「郊外住宅」など自作のリストがありますが、「名刺」という作品はありません。日記の文面から、みすゞが雅輔のシナリオ執筆に刺激されて、自分で書いた「名刺」というシナリオの一部分を持参したと解釈できるでしょう。

みすゞは詩作に情熱を傾けていますが、童謡詩の流行が去った昭和四年の暮れの彼女はシナリオも手がけ始めていたのでしょう。

昭和四年十月下旬からは、みすゞは三つになる娘が話し始めた片言の愛らしい言葉を『南京玉』と題したノートに記録しています。そこには夫とみすゞと娘三人のささやかな家庭の幸福も垣間見えますが、昭和五年二月、みすゞの希望により離婚します。

彼女の理想の結婚は、書店に勤める安定した職業人の夫と子どもと平穏に暮らす日々だったと思いますが、実際は、夫は店を辞めて商売を始め、山っ気のある夫に引きまわされるように市内を五度も転居する落ち着かない生活でした。

みすゞと別れた敬一は、上京します。雅輔日記によると、昭和五年三月三日、敬一と雅輔は都内で会い、娘の養育について二時間、話しあっています。

戦前の民法では、子どもの親権は父親にありましたが、上山家とみすゞは、娘を引きとって養育したいと考えていました。

しかし敬一は一人娘と別れることに同意せず、面談は物別れに終わります。

雅輔は、相手の言うことにも一理あると日記に書いています。妻から離縁を求め、さらに一人娘もほしいとは身勝手だと敬一は考えていたのでしょう。

そして元夫から、文英堂に戻っていたみすゞに手紙が届き、三月十日に娘を引きとりに来ると書かれていました。その前夜の九日、みすゞは、娘を風呂にいれた後、睡眠薬を大量に摂取し、翌十日、他界しました。

その三月十日も、敬一は、東京の姉の家にいました。雅輔日記によると、雅輔と敬一のそれぞれにみすゞ急死の電報「テルコキュシス」が届き、敬一は慌てた様子で、文藝春秋社の雅輔に電話をかけて、二人は社でまた面会したことが書かれています。

自殺の背後にある複数の要因

一般に、大人の自殺には、複数の要因が重なっていると言われます。仕事の問題、経済、健康、人間関係、家庭の困難が重なり、精神的に追い詰められるというものです。

さらに死への異様な憧れを抱いている場合や、うつ病などの精神的な病気のケースもあります。

みすゞの自殺については、雅輔は、回想録「年記」に、「芥川龍之介の自殺が決定的な要因となった」と書いています。

ちなみに太宰治（1）も芥川の自死に衝撃を受けて自殺未遂をしています。太宰は、旧制高校の学生だった昭和二年七月、愛読していた芥川の服毒自殺に激しく動揺し、その直後、弘前の下宿の自室で、睡眠薬を過剰摂取して意識不明となります。

幸い、数日の昏睡状態ののちに意識をとりもどし、一命をとり留めましたが、以後、自殺未遂をくり返します。

このように太宰には、自死に憧れる危うい精神状態が根底にあり、そこに戦後、肺病が悪化して吐血をくり返し、

太宰の下宿の部屋

旧制高校時代の太宰の下宿先藤田家、弘前市

高額の所得税を払えない苦境、妻子四人と二人の愛人と子どもを抱える経済的な負担、文壇での四面楚歌、創作の行きづまりといった複数の苦悩が重なります。

太宰は、恋人の美容師、山崎富栄に一年前から遺書を書かせ、昭和二十三年六月、二人で玉川上水に入水をします。妻宛の遺書には「書くのがいやになったから死ぬのです」と綴《つづ》っていました。

芥川の服毒自殺は、彼の愛読者で、太宰と同世代のみすゞにも影響を与えたのです。昭和五年当時のみすゞには、こうした死への危うい憧れに加えて、病気、経済、仕事、人間関係といった複数の問題が重なっていました。

つまり結婚生活の破綻《はたん》と離婚、最愛の一人娘を奪われる嘆きと抗議、性病の重症化、それによる不妊の恐れもあるでしょう。一人娘をとられ、さらに子どもを産めない体になる哀しみと絶望は、子どものころから父と母がそろった家庭を夢見ていただけに、なおさら深いものだったでしょう。さらに離婚後の生活と経済の不安もあります。上山家では居候《いそうろう》、安心して里帰りできる実家もないのです。

そして詩作をめぐる状況の悪化。童謡詩は衰退、三大誌は廃刊休刊、八十が雑誌「愛誦」の主宰をおりて、唯一の掲載誌だった「愛誦」にも載らなくなった落胆、私淑する八十が童謡詩から離れつつあるのではないかという不安、精魂を傾けて書いた五百十二作もの詩を八十と雅輔に送っても選詩集の話がなかった失意。

下関の亀山八幡宮

みすゞを撮ったカメラの同型

何もかもが八方塞《はっぽうふさ》がりとなり、生きる意欲も潰《つい》えたものと思われます。

みすゞは亡くなる前日、下関の亀山八幡宮の隣にあった三好写真館で写真を撮っています。それは娘のために残す母親の写真、または遺影だったのかもしれません。また下関の金子みすゞ研究者の木原豊美氏は、自分の死後に『詩集』が刊行された時に載せる顔写真を撮ったのではないかというお考えです。

確かに、眉を太く描き、凜々《りり》しい目でカメラを凝視する顔つきは、一廉《ひとかど》の文学者の風格を湛《たた》えています。

この年、昭和五年は、世界恐慌が日本に波及して大不況となり、厭世的《えんせいてき》な世相から自殺者が急増、一年で約一万四千人が命を絶ちます。

雅輔、八十宅を訪ねて、詩集刊行を依頼。八十による追悼

雅輔日記によると、みすゞの死直後の昭和五年三月二十一日、彼は八十の自宅を訪ね、みすゞ詩集の発行を依頼しますが、書籍化は叶いませんでした。

しかし八十は、新しい雑誌「蠟人形《ろうにんぎょう》」を創刊して主宰します。

その創刊号に、八十は、みすゞの詩の「象」「四つ辻《つじ》」の二作を載せています。

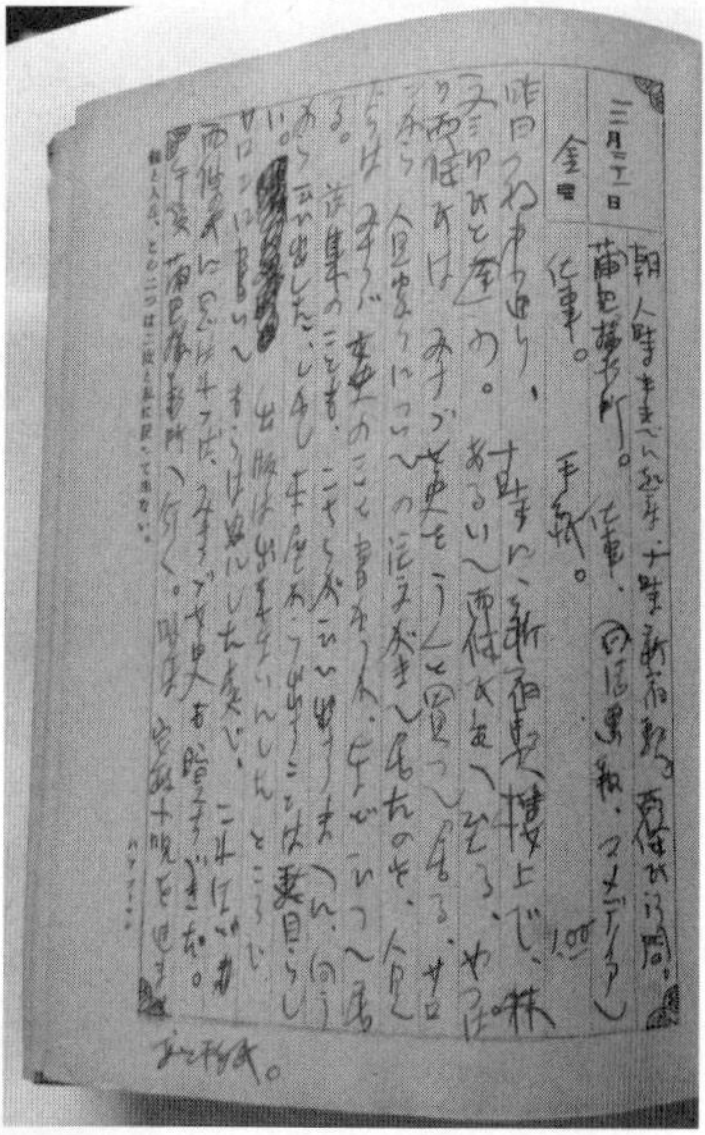

雅輔日記、昭和5年3月21日、八十宅訪問

上山雅輔、昭和5年頃、24歳前後、親族提供

象

金子みすゞ

巨《おお》きな象にのりたいな、
印度《インド》のくにへ行きたいな。

それがあんまり遠いなら、
せめて小さくなりたいな。
おもちゃの象に乗りたいな。

菜の花ばたけ、麦ばたけ、
どんなに深い森だろう。

そこで狩り出すけだものは、
象より巨きなむぐらもち。*

暮れりゃ雲雀《ひばり》に宿借りて、
七日七夜《なのかななや》を森のなか。

えものの山を曳《ひ》きながら
深き森から出たときに

げんげ並木の中みちは、
そこから仰ぐあお空は、
どんなに、どんなに、きれいだろ。

「蠟人形」創刊号昭和五年五月号　＊むぐらもちは、モグラのこと

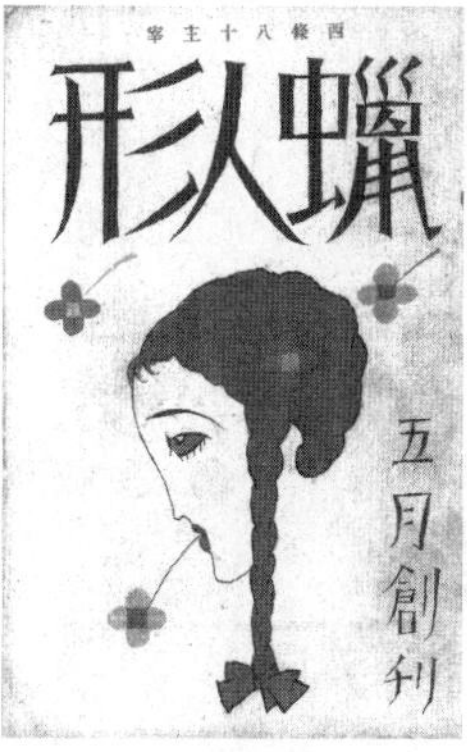

「蠟人形」創刊号、表紙は竹久夢二による赤毛の少女

視点の逆転、奇想天外な空想というみすゞの天才ぶりが際立っています。

第一連はインドの国で象に乗りたいという冒険に憧れる子どもの夢、第二連からは、インドが遥かに遠いなら、自分は小さな体になっておもちゃの象に乗りたいという想像へひとっ飛びして、菜の花畑も麦畑も深い森であり、おもちゃの象よりも大きく見えるモグラを狩り、日が沈めば、森の草陰で雲雀の巣に眠り、七日七夜を草や菜の花の深い

森ですごし、赤いれんげ畑の並木道から見上げる青空に陶酔する……。めくるめく夢のような幻想があり、八十の好みそうな詩風です。

この「蠟人形」五月号の発行時期は、昭和五年四月上旬ごろと思われます。巻末に、投稿作の〆切は四月三十日と書かれているからです。

当時は活版印刷であり、活字を一文字ずつ拾って並べ、版を組んでから、印刷機にかけたため、手間がかかります。おそらく二月か三月初めには、印刷所に、みすゞの詩を渡していたものと思われます。

みすゞはそれを知らず三月十日に亡くなり、死の直後、彼女の詩が載った雑誌「蠟人形」が、人気画家、竹久夢二の表紙画とともに、華々しく世に出たのでしょうか。

この不運な行き違いは、八十には痛恨の極みであったでしょう。

昭和六年、八十による回想

八十は、才能あるみすゞの早逝《そうせい》を悼《いた》み、死去の翌年の昭和六年、「蠟人形《ろうにんぎょう》」九月号に、下関駅でのみすゞとの一度きりの邂逅《かいこう》の追想を寄せ、彼女の詩「繭《まゆ》と墓」を再掲載しました（初出は「愛誦」昭和二年一月号）。

［この薄倖《はっこう》な女詩人が、何故《なぜ》にかく早く人生と訣別《けつべつ》したか。彼女を育《はぐ》みそだて且《か》つ殺したその環境は？　それらの事情についてはこの春、私は偶然彼女の実弟《じってい》で文藝春秋社社員である上山《かみやま》氏からいろ〳〵な話を聴いたが、それに就《つい》ては今日はここに語りたく思わない。――

蚕《かいこ》は繭に
はいります、
きゅうくつそうな
あの繭に。

けれど蚕は
うれしかろ、
蝶々になって
飛べるのよ。

人はお墓へ

はいります、
暗いさみしい
あの墓へ。

そしていい子は
翅《はね》が生え、
天使になって
飛べるのよ。

これは彼女が『薊と墓』と題した童謡の一篇である。おそらく絶唱といっていい。この謡《うた》の気持で彼女はあの暗い墓穴に急いだのであったろう。そうした彼女の清純な、貧しい中に真の心的《しんてき》貴族であったその美しい魂《たましい》は、いま輝く真白な翼を持って、こよい雨にぬれた燈火《とうか》の海峡の空たかく、私を俯瞰《ふかん》してなつかしく微笑していることであろう！」

「蠟人形」昭和六年九月号

本書を書くために「童話」のバックナンバーを読んでいたところ、「薊と墓」に類似した詩を見つけました。

フランスの作家ヴィクトル・ユーゴー(2)の詩「墓と薔薇」を八十が訳したものです。

墓と薔薇

ヴィクトル・ユーゴー、西條八十訳

お墓が薔薇に訊《き》きました、
「おまえのうえに暁《あけがた》が
そそぐ涙はどこへゆく。」
薔薇がお墓に訊きました、
「おまえの口が朝夕に
のむ魂はどこへゆく。」
薔薇が答えて言いました、
「淋しい墓よ、人知れず、
わたしは涙で馨《かぐわ》しい
花の匂いをつくります。」
お墓が答えて言いました、
「悲しい花よ、わたくしは

のむ魂で大空の
清い天使をつくります。」

「童話」大正十二年五月号

これを読んだ人は誰しも「繭と墓」との関連を思うはずです。とくに翻訳した八十は、みすゞが自分の訳詩を参照したと、すぐに気づいたでしょう。

ユーゴーの詩は、薔薇と墓の対話《ダイアローグ》です。薔薇は、故人を哀悼する人の涙を受けて慰めの芳香を立ちのぼらせ、墓はそこに入った死者の魂で天使を作ります。

みすゞの詩では、蚕は白い繭に入って蝶となって飛びたち、人は墓に入って翅《つばさ》のある天使となり空高く飛んでいきます。

この二作のつながりを、八十は、熟知した上で、自死したみすゞが、青空の清い天使となって魂の安らかならんと願い、昭和六年の雑誌に載せたのです。

昭和十年、再度、八十によるみすゞ追想

みすゞ没後から五年たった昭和十年にも、八十は雑誌「少女倶楽部」八月号に「私の好きな詩から」と題して、みすゞの詩を四作紹介しています。「たもと」「お魚」「大漁」

「芝草」です。たもとには題はついていません。八十の記事をそのまま引用します。

［袂《たもと》のゆかたは
うれしいな
よそ行《ゆ》き見《み》たいな気がするよ。

夕顔の
花の明るい背戸《せど》へ出て
そっと踊《おどり》の真似をする。

とん、と、叩いて、手を入れて
誰《たれ》か来たか、と、ちょいと見る。

藍《あい》の匂《におい》の新しい
ゆかたの袂は
うれしいな。

これは、小さい女の子が、夏の夕ぐれ、はじめて袂《たもと》のついた浴衣《ゆかた》を着たときのうれしさを歌《うた》った童謡です。

夕顔の花が明るく咲いている家の裏へ行って、誰も見ていないところで、そっと踊《おどり》の真似をして見ます。

とんと足踏《あしふみ》をして、袂の中へ手を入れて、踊の身振《みぶり》をやって見ますが、すぐ、誰か見てやしないかと、きまりが悪くなってあたりを見廻《みまわ》します。

夏の夕ぐれ、藍《あい》の匂のする新しい浴衣を、はじめて着た、うれしさに雀躍《こおどり》する子供の心もちが、浮かび出るように描かれています。

みなさん、わたしは、毎年夏の夕ぐれになるとこの童謡を想い出します。作者の『金子みすゞ』という女の詩人、みなさんは誰も御存《ごぞん》じないでしょう。おなじように、世間たいていの人は知らないのです。

これは海峡の潮風が朝夕通《かよ》う、本州の西の端、下関市に生まれた（註・仙崎生まれ）薄命《ふしあわせ》な無名の詩人でした。優れた才を持ちながら、境遇に恵まれず、あまりに不幸な結婚をしたため、幼児《おさなご》を残して自分から死を急いで行った年若い女の詩人です。

わたしはこの童謡を想い出しますと、おさげで、無邪気で、世の中のことを何にも知らずに跳ね廻《まわ》っていた時分《じぶん》の可愛らしい『金子みすゞ』が眼の前に見えるようで、いつも悲しく涙ぐましくなります。

『金子みすゞ』はこのほかに、よい童謡をたくさん書きました。港町に育ったものですから、お魚の詩をたくさん書きました。」

「少女倶楽部」昭和十年八月号

「さみしい女王」金子みすゞ

八十は、続く九月号には、「さみしい女王」という題をつけて、みすゞの詩「女王さま」「砂の王国」と、下関で逢った思い出の随筆《ずいひつ》を掲載します。少女雑誌のため、女子むけの文体です。

「幼いとき貧しい子供だった『金子みすゞ』は、大きい娘になっても、やっぱり貧しかったにちがいありません。

何故《なぜ》って、わたしが『金子みすゞ』を知ったころ、彼女は下関の街に在《あ》る商品館の女《おんな》売子《うりこ》を務《つと》めていました。

その頃、私は『童話』という子供雑誌で、童謡の投稿を選んでいました。そこへ彼女がはじめて自分の謡《うた》を書いて送ってよこしたのでした。もう今から十二、三年前のことでしょうか。

けれども、どんなに貧乏していても、彼女がいつも、王女のような気品のある心の持主であったことは、書いた物や、また時々私へよこした手紙にもはっきりわかりました。

ある全集の中へ、私が『金子みすゞ』の童謡を二、三篇《ぺん》入れて、そのお礼のお金を郵便為替《かわせ》で送ってあげると、彼女は、間もなく、それをそのまま送り返してきました。そして、つけた手紙に、

『なにか西條先生のお好きそうなお菓子を買って送りたいと思いましたけれど、下関にはよい物がありませんから、先生、済《す》みませんが、御自分《ごじぶん》でお好きなものを買って下さい。』

と、書いてありました。

こんなよい謡《うた》を書いた『金子みすゞ』って、どんな人だったろうか。と、いま皆さんはお考えになるでしょう。

「少女倶楽部」昭和10年8月号

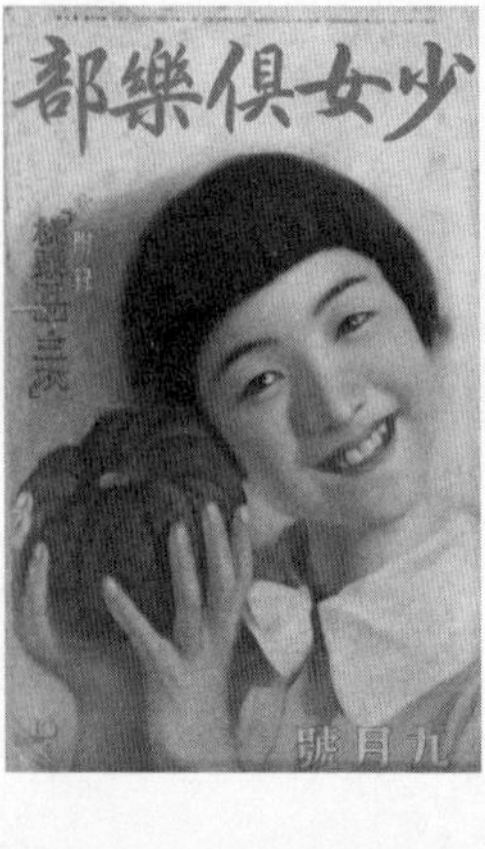

「少女倶楽部」昭和10年9月号

わたしはこの世でたった五分間だけしきゃ『金子みすゞ』の顔を見ませんでした。それは或年《あるとし》、九州へ行く旅の途中でした。私はこの不思議な女性《ひと》を見たいと思って、前もって下関駅へ着く時刻の電報を打って置《お》きました。

朝早くでした。彼女は駅のプラットフォームの柱の陰に隠れるようにして立っていました。二歳《ふたつ》ばかりの赤児《あかんぼ》を背負《おぶ》った、いかにも若くて世の中の苦労にやつれたといったような、商人《あきんど》の妻らしい人でした。それでも、美しい眼鼻立《めはなだち》はわかりました。私を見るなり、

『先生にお会いしたさに、歩いて山を越してまいりました。』

と、さもなつかしそうに言って睫毛《まつげ》に涙の粒を宿らせました。汽車から連絡船へと乗り移るわずか五分間、それぎり、私たちは永久に逢えずにしまいました。

蚕《かいこ》は繭にはいります、
きゅうくつそうなあの繭に。
けれど蚕はうれしかろ、
蝶々になって飛べるのよ。
人はお墓へはいります、
暗い、さみしいあの墓へ。

そしていい子は翅《はね》が生え、
天使になって飛べるのよ。

と、彼女が『繭とお墓』という謡の中でうたっているように、生きては貧しく、不幸《ふしあわせ》だった『金子みすゞ』は、ほんとうに心の崇高《けだか》く清い、いい子でしたから、今ごろは美しい翅の生えた天使になって、どこからか、この原稿を書いている私を見て、にこ〳〵笑っていることだろうと思います。」

「少女倶楽部」昭和十年九月号

「繭と墓」は、昭和二年「愛誦」の初出とは若干異なっています。八十が変えたものでしょう。

みすゞはとりわけ貧しい生まれ育ちではなく、仙崎では女学校に通い、下関での独身時代も大書店の文英堂に、母と暮らしています。もっとも結婚後、八十に面会した頃は、夫が自由に金銭を使い、みすゞはいくらか生活費に困っていたようです。雅輔が姉に送った書簡には、お金に不自由しているようなら上山家に頼みなさいと書いています。

八十の随筆には、娘をおぶったみすゞのさし絵を、抒情画家で詩人の加藤まさをが描いています。

演劇の仕事をしていた三十歳の雅輔は、「少女倶楽部」九月号の記事を読んだ感想を日記に書いています。本書で初めて公開する文章です。

「……銀座へ。近藤書店で「少女倶楽部」立見。兄貴（注・金子堅助）から知らせて来たのだが、西條八十氏が金子みすゞについて作品紹介に伝記を兼《か》ねたような小文を載せているのだ。読んだ刹《せつ》那《な》、深い感激に打たれた。いろんな思い出が走馬《そうま》燈《とう》のように頭の中をかけめぐる。余暇を利用して西條氏へ感謝の手紙を書く。初日、入りは悪くない。これならば大丈夫。芸術家みすゞに流れていた同じ血が僕にも流れている筈《はず》だ。」

昭和十年八月十七日

戦前の雅輔日記によると、当時の雅輔は、有楽町にある東宝有楽座で喜劇を上演する古川ロッパ

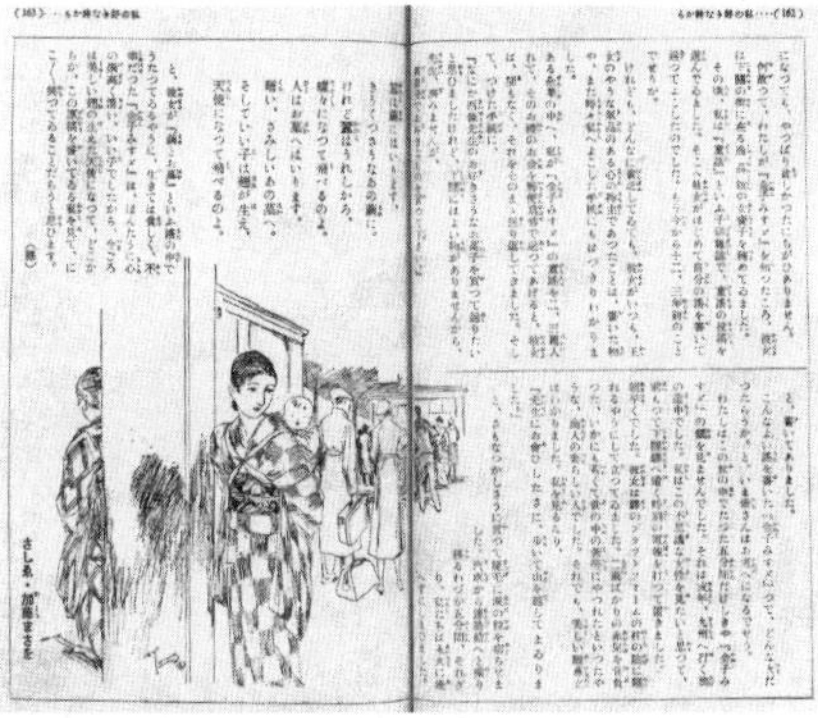

画家加藤まさをによるみすゞの絵

一座の喜劇の台本を書いたり、舞台稽古《けいこ》に立ち会っていました。練習が深夜に及ぶため、劇場近くの集合住宅の一室に妻子と暮らしていました。

同じ建物に八十は仕事場を構えており、エレベーター・ホールで雅輔と会ったとき、みすゞの詩を載せると話しています。これも本書で初めて公開する雅輔の日記です。

［夜、アパートのエレベーター前で、西条八十氏に会う。同氏もこのアパートに事務所兼休息所を持って居《い》るのだ。過日九州へ行った際、小倉《こくら》でみすゞの事をよく知って居《い》る、と云う人に逢った、一度もっと詳しく話をききたい、写真があったら欲しい、コドモノクニにみすゞの詩を連載してその稿料で遺稿を出版したい、など。という話が出た。立ち話ではあったが、いい話であった。］

昭和十一年五月六日

「コドモノクニ」を調べたところ、昭和十一年六月号に、金子みすゞの詩「竹とんぼ」が載っていたのです。八十の誠実さ、仕事の早さに驚きました。

みすゞの詩の原稿料を貯めて遺稿集を出す計画はあいにく実現しませんでした。

しかし多忙な八十が、みすゞの追悼記事を幾度も出していた事実を思うと、胸に迫るものがあります。

これらの記事は八十から、類い希な詩才に恵まれながらも、運に恵まれず夭折《ようせつ》したみすゞへの哀惜をこめた鎮魂《レクイエム》だったのです。

本書に引用した雅輔の日記は二〇一四年に見つかったものです。この新資料の読解により、今までわからなかった様々な事実が判明しました。

その一つは、みすゞが亡くなった直後の昭和五年三月二十一日に雅輔が八十宅をたずねて金子みすゞ詩集の刊行を依頼したこと、さらにそれから六年もたった昭和十一年五月六日に、八十がみすゞの遺稿集を出版したいと雅輔に語ったこと。これは驚きの新発見です。雅輔と八十の二人がみすゞ詩集の発行をこれほど語っているということは、みすゞ自身が選詩集の発行を二人に相談していた可能性もあると思われます。

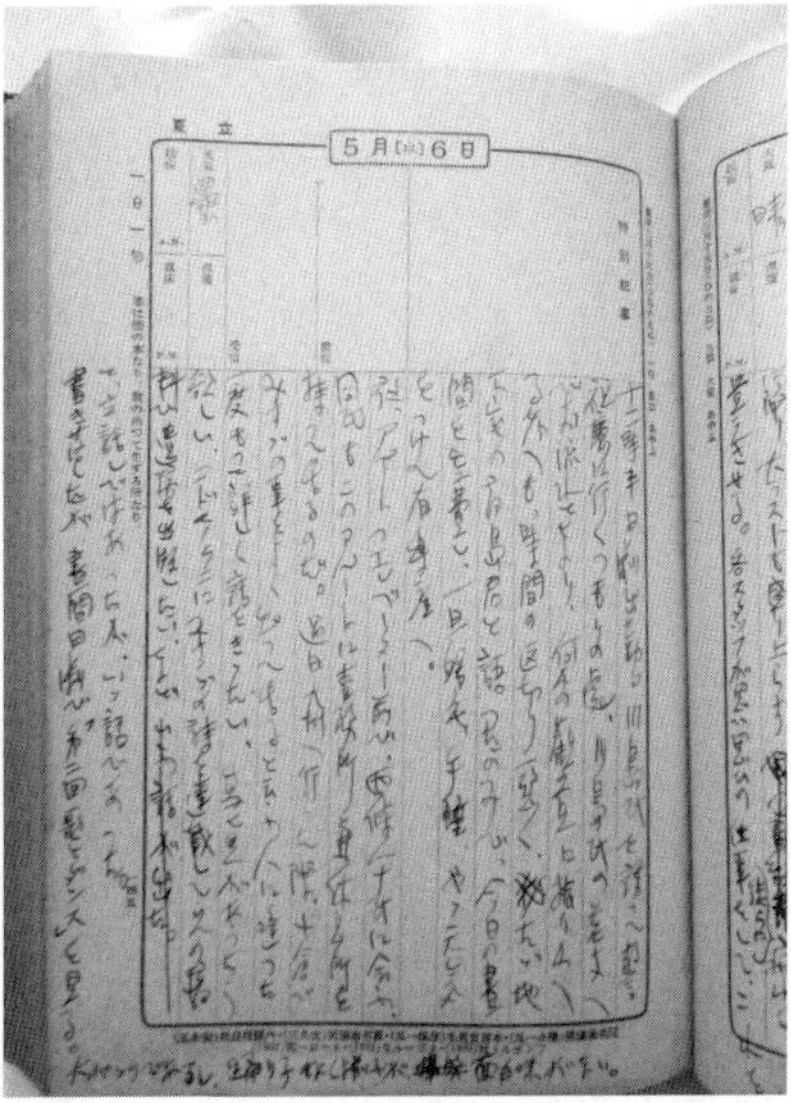
雅輔日記、昭和11年5月6日、八十と立ち話

間奏曲

みすゞが敬愛した西條八十の小曲

昭和4年頃の西條八十
「文藝自由日記」昭和5年版より

「雲」

八十は、様々な趣向の詩を書いています。大正六年に自費出版して大評判となった第一詩集『砂金』に続いて、「童話」童謡詩の選者をつとめていた大正十一年に出た『見知らぬ愛人』、昭和四年の『美しき喪失』。彼はまた少女向けの甘い抒情詩、昭和初期は少年向けの勇壮な愛国詩も書きます。

ここでは難解な長い象徴詩ではなく、小曲（短い詩）を五作、選びました。みすゞが八十の詩からいかに影響をうけているか、うかがい知れる作品です。

雲

西條八十

夏の日、海に涌《わ》く雲は
真白き薔薇に似たるかな、
夕《ゆうべ》となればその薔薇の
はかなく散りて、ちりぢりに
白帆となりて帰りくる。

『美しき喪失』昭和四年

前半の二行では、夏の雲は白い薔薇に喩えられています。しかし後半、夕べとなればその白薔薇ははらはらと散って白い帆の舟となって波止場にもどってくる……。

比喩には直喩（〜のようだ）と、暗喩（〜ようだ、はない）があります。雲が白薔薇に、やがて白帆の舟にかわるロマンチックな暗喩の美しさ。また視点は昼の夏空から、夕暮れの海面へと移動し、時もうつろうのです。比喩の見事さ、視点の移動、時の移ろいといった八十の特長が秀逸です。

訳詩「夜」エリナー・ファージョン

八十は大正十三年にパリに渡っても、「童話」巻頭を飾る詩や、西洋詩の翻訳をフランスから送りました。

夜（Eleanor Farjeon）

夜は決して止まらない

夜はさっさと過ぎてゆく、
空の面《おもて》に、幾千《いくせん》の
お星の鋲《びょう》でとめようが、
吹きゆく風で縛《しば》ろうが、
月の緊《びじょう》子《し》で締めようが、
夜はずんずん過ぎてゆく、
嘆《なげ》きのように、曲《うた》のよに。

巴里《ぱり》にて、西條八十

「童話」大正十四年六月号

八十はパリから、英国の詩人・児童文学作家エリナー・ファージョン（一八八一〜一九六五）（1）の詩を訳して送っています。

ファージョンは、一九一六年に発行された子どもの詩集『ロンドンの町のわら

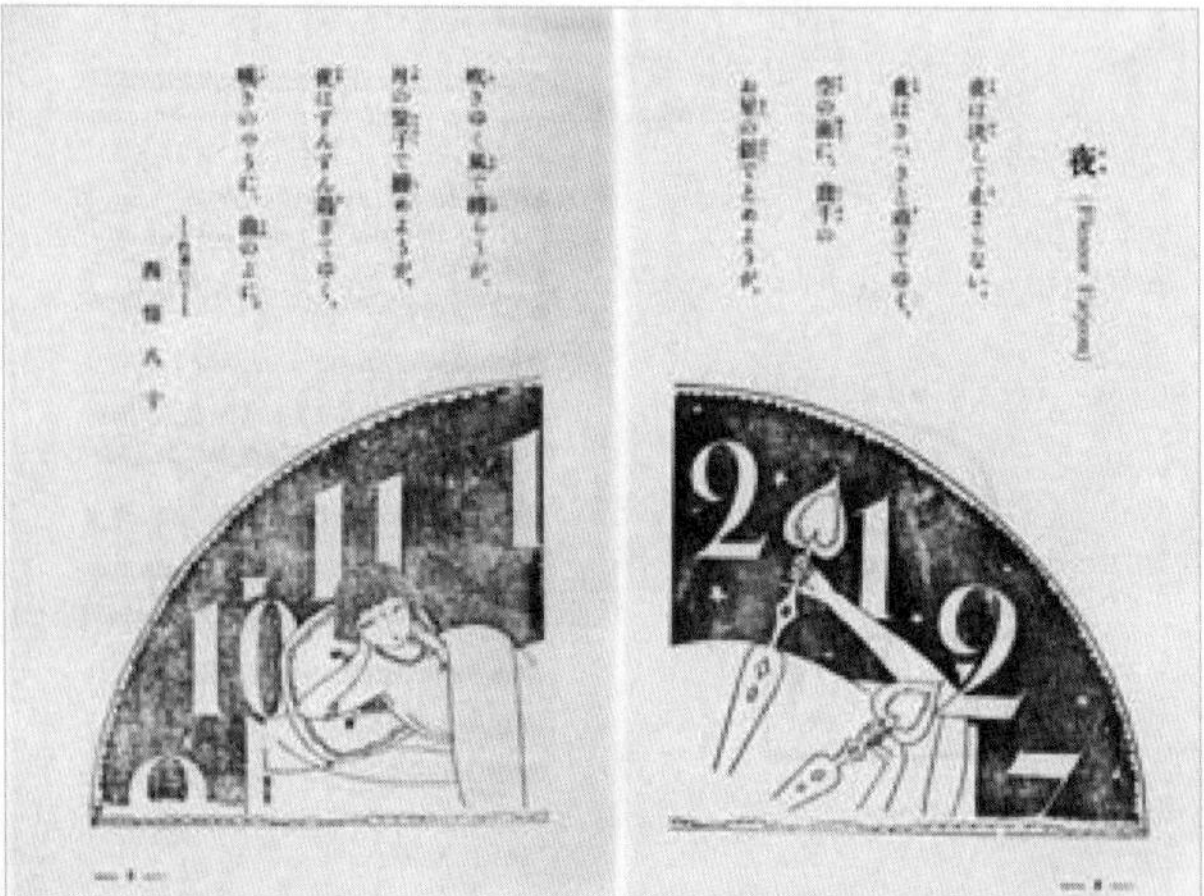

西條八十の訳詩「夜」の掲載誌面、「童話」大正14年6月号

べうた』で認められたばかりで、当時は三十代の若い女性詩人でした。
　この「童話」にはみすゞの詩「杉の木」が佳作で入選しています。遠い異国の八十を思いながら、みすゞが読んだことでしょう。

「髪」

髪

西條八十

あなたの髪のほつれを
なおすのは
私の詩の句を
なおすより難しい。

お嬢さん、
あなたの桃割れは

パルナスの岳《みね》よりも攀《のぼ》りにくい。

「愛誦」昭和三年二月号

桃割れは、昭和の初めごろまで、十代の若い娘が結った髪型です。パルナスの岳《みね》は、詩や音楽の女神ミューズが住んだとされるギリシアの山であり、ここでは詩壇や文壇、文学界を表します。

詩人が心をよせる娘の桃割れの髪のほつれをなおす、つまり髪にふれることは詩の推敲よりも難しく、桃割れにのぼる、すなわちもっと親しい仲になることは、詩壇で名をあげるよりも困難である……。自分を相手にしてくれない娘を想いつつ、どこかとぼけたユーモアの漂う小篇です。

古風な日本髪と西洋の地名の取りあわせが面白く、恋多き八十ならではのしゃれた作です。

八十はこうした小唄風の粋《いき》な小曲も多く創り、みすゞの詩が毎月のように載った「愛誦」に寄稿しています。この二月号にもみすゞの詩が載っていますから、彼女は読んでいます。

「牧童《ぼくどう》の画《え》に題す」

牧童の画《え》に題す

西條八十

あまたなる羊を追いて
かくも平和《やすら》けき童《わらべ》のあるに
一人君をば追うて
寝《い》ねがてに悩むこころぞ。

「愛誦」昭和四年四月号

数え切れないほど多くの羊の群れを追う牧童の少年ののどかな満ち足りた顔つきと佇《たたず》まい、平和な緑のまきば……。ヨーロッパの田舎と牧童を描いた絵画です。

しかし、それを眺める詩人は、ただ一人を追いかけているのに、その恋はむくわれず眠ることもできない。「寝《い》ねがて」とは、寝つくことができない、という意味です。

この詩は安らかな絵画から、想うにまかせない恋に沈む男への切り換え、あまたなる羊とただ一人の女性の対比が鮮やかであり、八十のうたいぶりの見事さが光っています。第一連は絵画、第二連は詩人の心という構成です。この号には、みすゞの詩「トランプの女王」が載っています。

「空想」

空想
西條八十

空想から覚《さ》める侘《わび》しさ、
少年《こども》の日の遊びの
あの眼隠《めかく》しをとった心地《ここち》だ。

月の射《さ》す白い李林《すももばやし》は崩れて
身近《みぢか》くを自働車《じどうしゃ》が通る。

『美しき喪失』昭和四年

一人で空想に思うさまふける楽しさ。しかしその夢からふと覚めると、月明かりに照らされた白い花盛りの李《すもも》の林、ほのかに香る李の果樹園は消えていき、すぐそばを自動車がエンジンの音をたてて通り過ぎていく。

その味気なさ、夢からさめた淡い驚きを、子どものころに眼隠しをして遊び、それをはずしたときのにわかに明るくなって現実に引き戻される心地に喩えています。少年時代への追慕《ついぼ》も含んだ、いかにも詩的な妙趣に満ちています。

第七章
戦争と軍国童謡

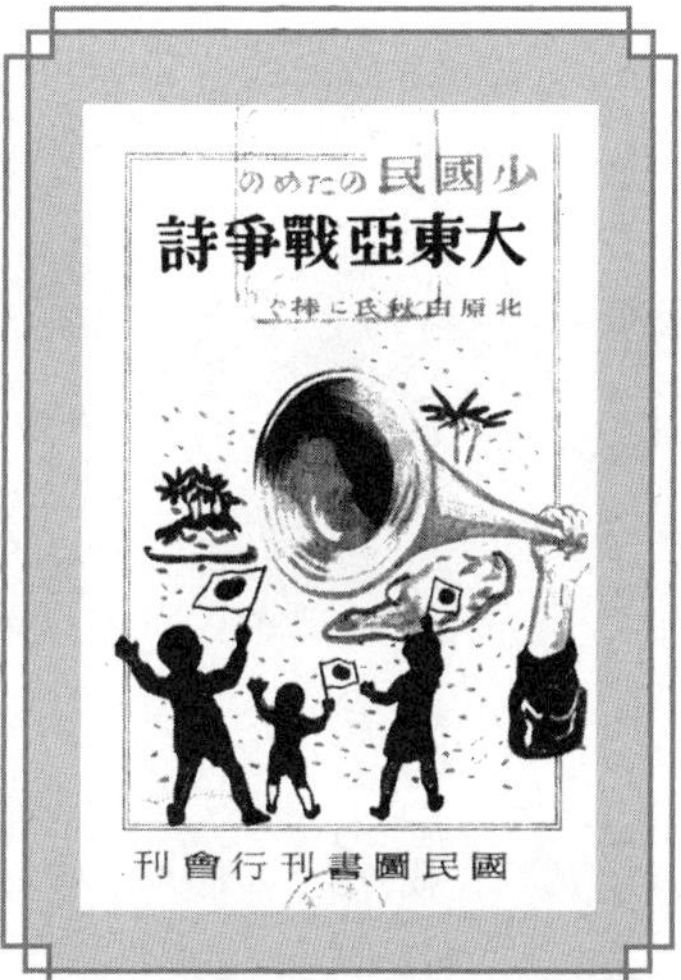

『少国民のための大東亜戦争詩』本扉

満州事変、八十の流行歌と軍国歌謡

みすゞの没後、日本は再び戦争へ進みます。

昭和六年九月に満州事変（1）が起きます。発端は、南満州鉄道の爆破事件です。日本軍は、これを中国側がしかけた破壊行為だとして、反撃の武力行動に入ります。実際は、日本側の自作自演でしたが、その事実は敗戦後まで国民には報《しら》されず、国内では、中国に反撃すべきだという世論が高まりました。

八十は、満州事変の直後、「起《た》てよ国民」という詩を書いて、「蠟人形」昭和六年十二月号に載せます。

大日本の国民よ、日本の権益を蹂躪《じゅうりん》する満州の暴民に対して起《た》ちあがれ、正義の戈《ほこ》を執《と》れ、国威を示せ、と鼓舞するスローガンです。みすゞの詩「象」を載せた文芸誌に、八十は戦意高揚の檄文《げきぶん》を載せたのです。

翌昭和七年、日本軍は満州全土を占領し、満州国をつくります。これは国際社会から、侵略行為、傀儡国家《かいらいこっか》として非難をうけ、日本は国際連盟を脱退します。

八十は、「満州国承認の日」、「満蒙守備《まんもうしゅび》の勇士を讃《たた》う」といった詩や、童謡「守れよ満州」を書き、十三歳の童謡歌手、平井英子《ひでこ》（2）が、子どもの声で「忠義な兵士のお墓の満州」と歌うレコードが昭和六年に発売されます。

子どもに戦争を歌わせる時代となり、童謡は、大正デモクラシーから生まれた民主的な理想から離れていきます。

子どもの寂しさや悲しさを歌う歌詞は覇気《はき》に欠けるとされ、元気のよい歌が増えます。それに伴《ともな》い、童謡のメロディも、大正時代の「七つの子」「赤い靴」「叱られて」のような哀愁を帯びたマイナー調から、「かもめの水兵さん」「かわいい魚屋さん」「お山の杉の子」など、元気溌剌《はつらつ》としたメジャー調の曲が増えます。

昭和十二年からは日中戦争、十六年から太平洋戦争が始まり、日本は戦時体制に入ります。

童謡の三大詩人も、昭和に入ると変わっていきました。

北原白秋は、短歌と新万葉集の編纂《へんさん》にとり組みますが、軍国歌謡の作詞も手がけます。たとえば満州事変の昭和六年には「皇軍行進曲」（皇軍の進む処《ところ》、敵なし、今や）を書きます。

昭和十一年、日本がドイツと日独防共協定を結び、ナチスの青少年組織ヒトラー・ユーゲントが来日すると、歓迎の歌「万歳《ばんざい》ヒットラー・ユーゲント」を作詞、レコード発売されます。

歌詞は、「燦《さん》たり、輝く　ハーケンクロイツ（註・ナチスドイツの紋章の鉤十字）　ようこそ遥々《はるばる》　西《にし》なる盟友《めいゆう》」と始まります。

野口雨情は、日本各地のご当地民謡の作詞へ、創作の場を移します。

八十は、歌謡曲の作詞で活躍します。「東京音頭」（ハア　踊り踊るなら　チョイト　東京音頭　ヨイヨイ）、映画「愛染かつら」の主題歌「旅の夜風」（花も嵐も　踏み越えて）、映画「支那《しな》の夜」の劇中歌「蘇州夜曲」（君がみ胸に　抱かれて聞くは）、「誰《たれ》か故郷《こきょう》を想《おも》わざる」などの大ヒット曲を連発するかたわら、軍事歌謡でも活躍します。

「同期の桜」（貴様と俺とは同期の桜）の原案のほか、今も知られる「予科練の歌」こと「若鷲《わかわし》の歌」（若い血潮の　予科練の）など、戦時歌謡を、数え切れないほど手がけました。

戦争中の童謡

童謡は、「りんごのひとりごと」（わたしは真っ赤な　リンゴです）武内俊子作詞、「たきび」（かきねの、かきねの）巽聖歌《たつみせいか》作詞、「お山の杉の子」（むかしむかしの　そのむかし）吉田テフ子作詞、サトウハチロー補作詞など、のどかな作品も書かれましたが、総じて軍国調へ変わります。

ヒットした童謡の一つに、昭和十四年の「兵隊さんの汽車」があります。

これは、戦後は「汽車ポッポ」という題になり、歌詞も変わりますが、元々は、子どもたちが、日の丸をふり、万歳三唱をして、汽車に乗った出征兵士を戦地に送り出す歌でした。

児童雑誌も、兵隊の物語や、お国のために尽くす少国民の心がけが載ります。童謡「かわいい魚屋さん」には、「ままごと遊びの魚屋さん」という一節がありますが、「一億総火の玉」で戦う時局において、少国民がままごとで遊んでいるとはけしからん、という声があり、ラジオ放送で、この曲は自粛《じしゆく》されます。

子どもも死ぬ気で戦え、挙国一致

敗色が濃くなった昭和二十年になると、子どもは死ぬ覚悟で戦えと、児童合唱団が歌いました。

勝ち抜く僕等《ぼくら》少国民《しょうこくみん》

上村数馬作詞、橋本国彦作曲

一、

勝ち抜く僕等少国民
天皇陛下の御為《おんため》に
死ねと教えた父母《ちちはは》の
赤い血潮《ちしお》を受けついで
心に決死《けっし》の白襷《しろたすき》
かけて勇《いさ》んで突撃《とつげき》だ

子どもが竹槍をかまえ、敵兵に見立てた藁《わら》人形を突き殺す訓練をするとき、みすゞの詩「お魚」にある「海の魚はかわいそう」といった、小さな魚の死さえ悼《いた》む優しい心は、軟弱とされました。

国家総動員法のもと、挙国《きょこく》一致で戦うとき、みすゞの詩「私と小鳥と鈴と」にある「みんなちがって、みんないい。」といった子ども一人一人の個性、異なる考えも否定されます。

戦時中の「童話」の投稿仲間

もし、みすゞが太平洋戦争の時代を生きていれば、どうなったでしょうか。

「童話」でみすゞと親しかった投稿仲間を調べると、田舎の閑寂《かんじゃく》な情景をしみじみと描いた島田忠夫は、昭和十八年の第二童謡詩集『田園手帖』では牧歌的な作品のほかに、戦争や軍人をテーマにした詩、さらに激烈な軍国詩も書いています。

たとえば「島の神々」では、北太平洋にあるアメリカの島アッツ島（3）に上陸占領したものの、米軍の攻撃をうけて全滅《ぎょくさい》した日本兵を、勇壮な神と讃《たた》えています。

忠夫は疎開して、詩作と画業に専念しますが、そのために近隣から不審者、スパイと疑われ、警察に連行。自白を迫られて拷問を受け、心神衰弱となり、終戦直前の昭和二十年八月七日に死亡します。

渡邊増三は大正時代に若くして病気で亡くなっています。

佐藤よしみは、「童話」「赤い鳥」「金の星」の廃刊休刊後は、「コドモノクニ」などに投稿し、国語の教員をしていましたが、戦時中は童話「ライオントタイホウ」「ポッン島タンケン」などを上梓《じょうし》。これは日本が統治する太平洋の小島に日本の兵隊が飛行機でおり、黒い肌をした現地の人々と出会う物語です。

戦時中の童謡詩集としては、『少国民のための大東亜戦争詩』（与田準一編、国民図書刊行会、昭和十九年）が発行されます。これは北原白秋に捧げられた本で、忠夫、雨情、浜田広介《ひろすけ》、新美南吉《にいみなんきち》、室生犀星《むろうさいせい》らの詩が入っています。戦時中は、戦争を肯定する作品しか発表の場が与えられなかったのです。

この勇ましい時勢に、こまやかな感性のみすゞの詩は、一般には忘れられていきました。

戦前戦中の雅輔

雅輔は、みすゞの死後、養父の松蔵が健康を害したため、下関の上山文英堂に帰り、島根県奥出雲出身の深山容子《みやまようこ》（4）と結婚。娘の七重《ななえ》（5）が生まれ、店主をつとめますが、昭和七年に三度めの上京をします。

そのころ古川ロッパは、菊池寛の勧めで、文藝春秋社の編集者から喜劇役者になり、昭和八年に喜劇「笑の王国」を浅草に旗揚げしたところ、連日の満員御礼となります。

雅輔は、「映画時代」編集部で一緒に働いたロッパのために、劇場用プログラムや宣伝チラシなどの編集を手がけ、興行を手伝うようになります。

さらに、もともとシナリオ作家をめざして習作を重ねていた雅輔は、「笑の王国」の喜劇の脚本を書くようになり、昭和十年にロッパが東宝（東京宝塚）へ移籍すると、雅輔は東宝の文芸部員（脚本担当）として正式に採用されます。

有楽町にあった有楽座で上演されるロッパの喜劇の脚本、劇中歌の作詞から裏方、演出、劇場用プログラムの編集、舞台にあがるロッパの財布の管理まで、ロッパの右腕としてありとあらゆる仕事を引き受けます。

喜劇と戦争については、ここではテーマがはずれるので省きますが、戦時中に雅輔が喜劇用に書いたコミックソングは、なかなか興味深いものです。

たとえば昭和十三年に徳山璉《とくやまたまき》が歌ったレコード「○○《まるまる》ぶし」（ビクター）。これは戦時中に軍隊の情報は機密とされ、新聞報道も「満州○○《まるまる》方面」にて「○○部隊」が「○○軍事作戦中」というように伏せたことを皮肉った歌で、雅輔流のユーモアが光ります。

昭和十五年には藤山一郎の「牧場のたそがれ」（コロムビア）、昭和十八年には轟夕起子主演の映画の主題歌「お使いは自転車に乗って」（コロムビア）など、戦時中とは思えない明るい歌を作っているのは、雅輔の持ち味でしょう。

昭和十九年には、中国青島《チンタオ》の文英堂へ遊びに行

「笑の王国」宣伝チラシ、昭和9年頃

昭和10年代の雅輔、親族提供

き、二階でマンドリンを弾いて歌をうたっていたと、文英堂を経営していた松蔵の親族の松山道生氏と柴田栄氏からうかがいました。

雅輔、一人娘にみすゞを語る

慌ただしい日々にも、雅輔は、みすゞを忘れていませんでした。

姉が亡くなった昭和五年、二十四歳の雅輔は、「金子みすゞ遺作の童謡による小品シナリオ四篇」として、みすゞの詩「水すまし」「麦のくろんぼ」「杉の木」「薔薇の根」をもとに、短編映画の台本を原稿用紙に書いています。もし機会があれば映画化したいと考えていたのでしょう。

昭和十六年には、「評註金子みすゞ童謡集・上山雅輔編」と題して、みすゞの手書き手帳から七十三作を選んで書き写し、その感想と評を書いています。

昭和二十年には、四十歳になった雅輔は、一人娘の七重に、みすゞのことを語ります。この年、東京は三月十日の大空襲で東部を中心に壊滅的な被害を受け、さらに五月にも激しい空襲を受けます。

娘の上山七重《うえやまななえ》は、のちに戦時中を回想して書いています。七重が十四歳のころの思い出です。

［五月二十四日Ｂ29五百六十二機による東京山手大空襲。五月二十五日Ｂ29五百二機再来襲。

父も死を身近に感じていたと思います。めずらしく私を呼んで「おまえの伯母さんは『金子みすゞ』といって、こんな詩を書いたんだ」と、しみじみ話をしてくれました。私が感動したのは「繭と墓」でした。死に接近していた感覚が共鳴したのだと思います。父がみすゞさんのことを宝物のように大切にしているとも思いました。もし、今夜爆死するなら、せめて一言、娘の私に云い残したい。それが父の気持ちでした。

沖縄玉砕、広島、長崎への原爆投下。そして敗戦。戦後の混乱期・高度成長期とあわただしい時の流れの中、父は独りで3冊の手帖を守って生きぬきました。」

「生誕一〇〇年記念誌　金子みすゞ」二〇〇三年

第八章

心にこだまする言葉

〜童謡とみすゞの復活

『繭と墓』復刻版

戦後、子どもの歌としての童謡復活、第二次ブームへ

敗戦により軍国主義が終わると、子どもの心を自由に歌う童謡が復活します。「みかんの花咲く丘」（みかんの花が　咲いている）加藤省吾作詞、「里の秋」（静かなしずかな　里の秋）斎藤信夫作詞（1）などの名曲が作られます。後者は、農村の子どもが南方から復員する父の無事を母さんと願う穏やかな実りの秋の歌です。

また、みすゞの投稿仲間だった佐藤よしみの「いぬのおまわりさん」（まいごのまいごの　こねこちゃん）、まど・みちお（2）の「ぞうさん」、額賀誠志の「とんぼのめがね」（とんぼのめがねは　水いろめがね）、江間章子の「夏の思い出」（夏がくれば　思い出す）などが、レコード、ラジオに加えて、新しいメディアのテレビで人気を博します。

昭和二十年代から四十年代にかけて、童謡を歌う少女歌手は、人気アイドルとなります。

私の子ども時代には、小鳩《こばと》くるみさんの愛くるしい笑顔と澄んだ明るい声が大人気で、私も心の姉のように憧れました。

上の世代の方なら、川田《かわだ》三姉妹（正子《まさこ》、孝子《たかこ》、美智子）、安田姉妹（祥子《さちこ》、章子《あきこ》＝現在の由紀さおり）が大活躍したことを憶えておいでしょう。

こうして童謡は、平和な時代に、テレビの幼児番組など、マスメディアの発展と共に、子どもの歌として第二次ブームを迎えたのです。

戦後の八十、雅輔

一方、戦後の八十は、軍国歌謡から離れ、歌謡曲で活躍します。

「青い山脈」（若く明るい歌声に）で、民主的な新しい時代の青春を描き、朝鮮戦争の特需好景気で日本中のお座敷が盛りあがったころは「ゲイシャ・ワルツ」（あなたのリードで　島田もゆれる）を、高度経済成長の昭和三十年代は、村田英雄の「王将」（吹けば飛ぶような　将棋の駒に）、島倉千代子の「この世の花」（あかく咲く花　青い花）を書いて、ヒットを飛ばすのです。

八十は、大正時代は西洋詩の翻訳と象徴詩、童謡詩の創作、戦前戦中は流行歌と軍国歌謡、戦後は歌謡曲に校歌と、およそ一万五千作品を手がけます。時流に合わせて大衆の心をつかむ詩を紡ぎ出し、質量共に比類のない仕事を残したことは確かです。

さらに大正時代に「童話」の童謡詩の選者として、素人の投稿家たちに適切な助言をあたえ、金子みすゞ、島田忠夫、佐藤よしみといった詩人を育成した業績は、もっと高く評価されるべきだと考えています。

そして雅輔は、昭和十九年頃に、ロッパ一座の興行で関西へ行ったところ、みすゞと別れた敬一に再会し、和解します。敬一の長男をロッパ一座の興行の楽屋に招いたり、さらには一座の座員として誘ったこともあったと、木原豊美氏からうかがいました。かつて義理の兄弟だった二人は、昭和五十年代に敬一が亡くなるまで年賀状をやりとりして交流します。

みすゞの一人娘は、上山家に引きとられて育ち、昭和十九年に祖母ミチが亡くなると、東京の雅輔一家と暮らし、次に敬一の家で暮らします。彼女は結婚するまで、実の父親と、十年以上の歳月を共にしたのです。

その敬一が再婚して築いた家族にお話をうかがうと、彼は、まだみすゞ詩集も出ていない時期に、みすゞの写真を見せながら、「この人は私の妻だった人で、あの西條八十に認められた立派な詩人でした」と話していたそうです。

戦後の雅輔は、歌謡曲の作詞家として活躍します。戦前は多数のコミックソングを書きましたが、昭和二十年代は、灰田勝彦が歌った「あの日あの時」(松竹映画「のんきな父さん」主題歌)、旭輝子の「旅の子雀」(松竹映画「エノケン・ロッパの弥次喜多ブギウギ道中」劇中歌)、宮城まり子の「テキサスのやんちゃ娘」「ほんとに好きなの」、小畑実《おばたみのる》が歌ってヒットした「あゝ、高原を馬車は行く」(3)、神楽坂はん子と古賀政男の「モチのロン」などを書き、レコード化されます。

古川ロッパ一座が昭和二十四年に解散すると、雅輔は、妻の深山容子《みやまようこ》とともに劇団若草を創設します。彼は子どもたちに演技指導をしながら、脚本を書いて、芝居を上演しました。

映画とテレビの全盛期に、劇団若草からは、竹脇無我、二木てるみ、和泉雅子、音無《おとなし》美紀子などの俳優が育ちます。またキャロライン洋子、斉藤こず恵、杉田かおるなど、大勢の子役スターをかかえる芸能事務所として、劇団若草は芸能界で一時代を築きます。

児童の演技表現を追求した雅輔には、子どもの喜びや悲しみ、夢見る心を生き生きと描く童謡詩の精神、十代にみすゞと愛読した童謡詩へのロマンがあったと、私は考えています。

みすゞ復活の布石

戦後の童謡は、幼児歌謡であり、みすゞが精魂《せいこん》を傾けた活字で読む文学として盛んになることはありませんでした。

しかし八十は、みすゞを忘れていませんでした。

木原豊美氏の調査によると、みすゞの詩は、雑誌「蠟人形」の昭和二十四年五・六月号に「人形の木」が載っています。

人形の木

金子みすゞ

いつだか埋《う》めた栗からは、
小さい栗《くり》の木生《は》えました。

たった一つの人形だけど、
お庭の隅《すみ》に埋めましょう。

さびしくってもがまんして、
小さい二葉《ふたば》を待ちましょう。

小さいその芽を育てたら、
三年さきで花が咲き、
秋にゃかわいい人形が実《な》って、

町じゅうの子供にいくらでも、
木からもいではわけてやる、
そんないい木が生えるなら。

「蠟人形」昭和二十四年五・六月号

いつか栗の実を植えたら、芽が出てきた。だから大切な一つきりのお人形さんだけど、お庭に埋めて、その木を大切に育てて、やがて花が咲いたら、秋にはたくさんの可愛いお人形さんが実《な》って、町中の子供たちに分けてあげましょう……。人形が枝に鈴なりになっている木……、なんとうっとりする光景でしょう。女の子の憧れがふくらむような愉しさがあふれています。第一連は現実であり、第二連から甘美な空想へ広がります。

手書き詩集『さみしい王女』の同タイトルの詩とは、いくつか語句が異なります。たとえば詩の「栗」は、手書き詩集では「桃」とあります。

違いが生じた理由は、みすゞが手書き詩集とは別の詩を先に八十に送っていた、あるいは八十か編集者が雑誌に載せる時に手直しした、などの理由が考えられます。

いずれにしても八十は、東京の大空襲をくぐり抜けた後も、みすゞの詩を手元に置いていたことがわかります。

昭和二十八年の「少女クラブ」六月号には「木」と「先生」が載ります。この「少女

「蠟人形」昭和24年5・6月号

『日本童謡集』昭和32年

「少女クラブ」昭和28年6月号

クラブ」に、八十は連載小説を寄せていますから、こちらも彼が選んだものでしょう。大正時代に「赤い鳥」「金の星」「童話」を愛読した少年たちも、文学としての童謡詩を忘れてはいませんでした。戦後、彼らは、詩人や編集者となっていたのです。

終戦から十二年たった昭和三十二年、岩波文庫から『日本童謡集』が発行されます。選者は、かつて「赤い鳥」「童話」などに詩を投稿した与田準一、みすゞより二歳年下です。

これは大正から昭和十九年の童謡を集めた名詩集で、白秋、雨情、八十、三木露風、サトウハチロー(4)、まど・みちお、与謝野晶子らとならんで、みすゞの詩は「大漁」の一作、よしみは佐藤義美という筆名で「グッド・バイ」など十二作、忠夫は「田螺《たにし》」など四作が収められています。

昭和四十五年には、初の金子みすゞ詩集『繭と墓』(季節の窓詩舎)が作られます。ガリ版刷りの薄い冊子ですが、雑誌に載ったみすゞの詩が初めて一冊にまとまった貴重な美しい本です。こちらも編者は、少年時代に「童話」に詩を投稿し、誌面を飾るみすゞの「優雅でファンタジックな作風」に憧れた詩人の檀上《だんじょう》春清(5)です。

昭和五十七年には、みすゞが最も多く詩を投稿した「童話」全七十五冊の復刻版(岩崎書店)が刊行されます。大正期の優れた童謡詩と童話の数々、みすゞの約四十作の詩、川上四郎の美しい表紙絵も含めて、童謡運動の熱気と成果を伝える貴重な出版です。

こうして少しずつ、みすゞ復活の布石が打たれていくのです。

雅輔が持っていたみすゞの手書き詩集から『全集』発行へ

昭和五十七年六月、雅輔は、矢崎節夫氏から電話を受けます。矢崎氏は学生時代に、前述の『日本童謡集』の「大漁」を読んで衝撃を受けてより、みすゞの消息を探し続け、そして下関の書店経由で、みすゞのいとこ花井正氏にたどり着き、東京にいる弟、雅輔の連絡先を教わったのです。

以下は、連絡を受けた雅輔の日記、昭和五十七年版から、本人とみすゞ作品に関する記述のみ引用します。昭和四年秋にみすゞから送られた手書きの作品ノート、や

「童話」復刻版、岩崎書店

りとりした手紙などについて記しています。

［気にかけながら、作品ノートも、書翰《しょかん》も、シャシンも、押入れにつっ込み放しだったが、これを好機と捉《とら》えて、古い日記帳も調べて、みすゞについての調査をまとめておこうと思う。］

昭和五十七年六月八日

［今日は日記・ノート類を取出して、みすゞの作品ノートを殆《ほとん》ど見つ。］

昭和五十七年六月十一日

［金子みすゞ資料探し……幸いにも詩集（三冊）は先日見つかり、今日はシャシンが数葉《すうまい》見付《みつ》かった。あったと思う手紙の綴《つづり》はやはりなかった。どうも、納棺《のうかん》の時、一しょに入れて焼いてしまったらしい。惜しいことをした。チラとのぞいただけでも、みすゞの童謡はホントに素晴らしい。今さらで恥じ入るのみ。］

雅輔日記、昭和57年

昭和五十七年六月十九日

雅輔が見つけた三冊の詩集は、昭和四年の秋、みすゞが、文藝春秋社の編集者だった雅輔に送った五百十二作の詩を収めたものです。一九二五年と一九二六年のポケット版手帳の書店用見本に、丸みを帯びた万年筆の筆跡で書かれていました。

この三冊と写真などを矢崎氏に渡したところ、翌年、版元が決まり、全集の刊行にむけて丁寧な編集が始まります。

昭和五十九年二月、箱入り、空色の布張りの『金子みすゞ全集』（JULA出版局）が発行され、雅輔は西荻窪にあった劇団若草で受けとります。

［〇みすゞ全集完成…三月十日のみすゞ五十五回目の命日頒布《はんぷ》（仙崎では出版記念会を目標として、かなり強行したらしいが、見事に間に合った。原《げん》ノート通り、「美しい町」「空のかあさま」「さみしい王女」の三冊と、別冊の「思ひでの記」がボール紙の帙《ちつ》に入った見事な製本。童謡の本文もさることながら、矢崎氏の「金子みすゞノート」や、「年譜」、それにみすゞを愛する人々のみすゞとの機縁《きえん》や礼賛《らいさん》の文章集と、克明な編集に唯々《ただただ》感心する。］

昭和五十九年三月七日

雅輔、最晩年の喜び

みすゞが他界してから五十四年たって、ようやく本格的な詩集が、しかも全集が刊行されたのです。戦前戦中もみすゞの詩を読んでいた雅輔にとって、喜びと興奮はいかばかりだったでしょう。

雅輔は、みすゞ全集を受けとった翌日から、詩の朗読録音を始めます。

［○みすゞ童謡詩の朗読・録音…早速《さっそく》「美しい町」から着手。余計《よけい》な註釈ナシで本文だけを省略ナシで全部録音しようと思う。少し芝居がかりに表情をつけて見るが、みすゞの心境は一番知っているだけに、マト外れはない筈《はず》だ。それにしても老境の今読返して益々《ますます》含意《がんい》の深さに驚かされるのは、みすゞの天才の底知れなさである。敬服。］

昭和五十九年三月八日

昭和六十二年には、いち早く劇団若草で、みすゞの詩の朗読とマイム（無言劇）の舞台を企画上演します。

［○「みすゞの世界」…何しろ、朗読、マイムだけと云《い》う冒険なので、フタをあけるま

では心配だったが、結果は上乗《じょうじょう》。アンケートでも、かなりの感銘を与えたフシが見てとれる。原動力はムロン、みすゞの詩だが、イメージ化に或《あ》る程度成功したこともたしかである。朗読・ナレーションは成功。マイムの方はまだ不満があるが、コドモたちが可愛いゝので救われた。」

昭和六十二年一月十七日

この年の三月、雅輔は、みすゞの死後、初めて仙崎へ行きます。みすゞの命日に遍照寺《へんしょうじ》の墓に参り、法要に列席。みすゞ詩碑《しひ》の除幕式、詩の朗読会に出席します。五十七年ぶりの帰郷でした。

二年後、平成元年三月にも仙崎へ行き、「金子みすゞ展」のテープカット、墓参と法要、「露《つゆ》」の詩碑の除幕式に出ると、一人で仙崎の町を歩き、「深川湾《ふかわわん》の落日が素敵だった」と日記に書いています。

そして帰京した翌月、平成元年四月六日の「少し疲れたので正午起床」の一行を最後に、日記は途絶《とだ》えま

上山家墓、下関

す。

一人暮らしだった八十四歳の雅輔は、これを書いた後日、自宅で息を引き取ったようです。

彼の遺骨は下関の上山家の墓へ、また生まれ故郷の仙崎で、遍照寺の姉みすゞの墓の隣にも分骨されました。

金子みすゞブーム到来

矢崎節夫氏は、仙崎、下関、九州など各地で、みすゞを知る人々を探して取材調査され、平成五年に『童謡詩人金子みすゞの生涯』（JULA出版局）が刊行されます。

それを元にみすゞの演劇、ドラマ、映画が製作され、また展覧会が全国を巡回。平成八年には、国語の教科書に詩「私と小鳥と鈴と」と「不思議」（教科書では「ふしぎ」）が初めて採録。生誕百年の平成十五年には、仙崎に「金子みすゞ記念館」が開かれ、一大旋風を巻き起すのです。

しかし彼女の詩には、一時《いっとき》のブームでは終わらない普遍的な力があります。

金子みすゞの墓、今は父と共に眠る、仙崎

不思議《ふしぎ》

金子みすゞ

私は不思議でたまらない、
黒い雲からふる雨が、
銀《ぎん》にひかっていることが。

私は不思議でたまらない、
青い桑《くわ》の葉たべている、
蚕《かいこ》が白くなることが。

私は不思議でたまらない、
たれもいじらぬ夕顔《ゆうがお》が、
ひとりでぱらりと開《ひら》くのが。

私は不思議でたまらない、
誰にきいても笑ってて、

あたりまえだ、ということが。

『さみしい王女』

黒い雲からふる雨が透明な銀色にほのかに光り、青い桑の葉をはむお蚕さんは白い体になり、やがて口から絹糸をはいて繭を作る。夕顔のねじれたつぼみが、ぱらりとほどけて白い大きな花を開かせ、清《きよ》らな香りを漂わせる。

自然の不思議と神秘に、目をみはって驚く感性のみずみずしさは、米国の海洋生物学者・作家のレイチェル・カーソン⑹の随筆『センス・オブ・ワンダー』（一九六五）を彷彿《ほうふつ》とさせます。

ここでもみすゞは、天から地にふる雨という大きな宇宙、命ある小さな生きもの、草花という自然界すべてを描き、この世界で生きている私たち自身の命の不思議や、今生きていることの尊さにも思いは誘《いざな》われていくのです。

「私と小鳥と鈴と」と「二十日鼠が飛べたなら」

私《わたし》と小鳥と鈴《すず》と

金子みすゞ

私が両手をひろげても、
お空はちっとも飛べないが、
飛べる小鳥は私のように、
地面《じべた》を速《はや》くは走れない。

私がからだをゆすっても、
きれいな音は出ないけど、
あの鳴る鈴は私のように、
たくさんな唄は知らないよ。

鈴と、小鳥と、それから私、

みんなちがって、みんないい。

『さみしい王女』

第一連は、空を飛ぶ小鳥、そして地面を走る私。第二連は、きれいな音で鳴る鈴、そしてたくさんの唄を歌える私。第三連は、それぞれが違っていることが、すばらしい、違いをよしと肯定する。小さな愛らしいものたち、小鳥、子どもの私、鈴をモチーフに語るこの詩の心の寛《ひろ》さ、包容力。

「童話」の選評で八十は、みすゞとクリスティーナ・ロセッティの詩の類似性を書いていました。インターネットでロセッティの英語詩集『シング・ソング童謡集』（一八七二、一八九三）を読んだところ、小さな生きものと個性の詩がありました。詩のタイトルはありません。正確な意味を伝えるために詩的な翻訳ではなく敢えて直訳にしました。／は改行、／／は改段です。

もしもねずみが飛べたなら／もしもからすが泳げたら／もしも魚が歩いて話せたら／私もねずみやからすやお魚みたいになりたいな。／／もしもねずみが飛べたなら／遠くへ飛んでいくでしょう。／もしもからすが泳げたら／灰色になってしまうかも。／もしも魚が歩いて話せたら／いったい何を言うかしら。

地面のねずみ、空のからす、水中の魚、そして私。それぞれに異なる個性……。もしこの詩の翻訳を載せた雑誌や本があったら、みすゞはインスピレーションをうけたかもしれません。

みすゞはアンソロジー『琅玕集《ろうかんしゅう》』に『クリスティイナ・ロウゼッティ』（竹友藻風訳、研究社、大正十三年）から詩を選んで入れています。

そこで国立国会図書館と神奈川近代文学館で調べたところ、竹友藻風の訳詩集に、この詩の翻訳が載っていました。

二十日鼠《はつかねずみ》が飛べたなら

クリスティナ・ロウゼッティ、竹友藻風訳

二十日鼠が飛べたなら、
牝牛《めうし》に水《みず》が泳《およ》げたら
鰊《にしん》が歩き、喋《しゃべ》るなら
わたしゃなりたい、そのように。

二十日鼠が飛べたなら、
　飛んで何処《どこ》かへ行《ゆ》くだろう。
牝牛に水が泳げたら、
　色が変《かわ》ろう、灰色に。
鰊が歩き、喋るなら、
　何の話をするであろう。

『泰西閨秀詞藻《たいせいけいしゅうしそう》』竹友藻風、浅田清造訳、世界文献刊行会、大正十五年

この書名は「西洋女性詩人アンソロジー」という意味です。みすゞが『琅玕集《ろうかんしゅう》』に書き写したロセッティ作品「いと低きところ」「五月」も入っています。
みすゞは、この詩集の「二十日鼠が飛べたなら」にインスピレーションを受けて「私と小鳥と鈴と」を創作した可能性もあるかもしれません。

東日本大震災と「こだまでしょうか」、響きあう言葉と心

平成二十三年三月十一日、東日本大震災が起きます。テレビとラジオでは、商業広告

の代わりに、ACジャパンのCMとして、みすゞの詩が流れました。

こだまでしょうか

金子みすゞ

「遊《あす》ぼう」っていうと
「遊ぼう」っていう。
「馬鹿《ばか》」っていうと
「馬鹿」っていう。
「もう遊ばない」っていうと
「遊ばない」っていう。
そうして、あとで
さみしくなって、

「ごめんね」っていうと
「ごめんね」っていう。

こだまでしょうか、
いいえ、誰《だれ》でも。

『さみしい王女』

あの日、東京も激しく揺れ、慌ててつけたテレビには、目を疑うような津波の映像が流れ、余震が続きました。都内の交通は麻痺、家族は帰宅困難者となり、福島第一原子力発電所は爆発、スーパーの棚から食糧も水も消えました。

私はその直後、日独二カ国のペンクラブの文学イベントで、渡航することになっていました。催しは予定通りに開催されることになり、ベルリンへ行くと、空港の職員やタクシーの運転手、ホテルの従業員、催しのスタッフや観客など、見知らぬ人々が、慰めと励ましの言葉をかけてくれました。私は驚きながら、お礼の言葉を返すと、また、いたわるような笑顔とうなずき、優しい言葉が戻ってきました。

そして一人で日本に帰る時、当時の欧州では、東京の放射線汚染が懸念されており、予約していた成田行きのフライトは欠航になっていました。ベルリンの空港でやっと帰国便を見つけて日本に帰り、家にたどり着いて、テレビをつけると、「こだまでしょうか」が流れていたのです。

その時、ドイツの見知らぬ人々の温かな言葉が、私の胸のなかでこだまのように響き、涙が止まりませんでした。相手にかけた言葉は同じ言葉で返ってくる。それはこだまだけではない……。当たり前のことを、子どもの語り口調でくり返し、そのリフレインが大きな力をもっていく詩の力。

この壊滅的《かいめつてき》な被害を前に、小説は何ができるのか。作家として懐疑的《かいぎてき》になっていた私に、言葉には魂があり、心から心へ響きあい、心と心をひとつに結びつけるという真理を、みすゞは言葉の力をもって教えてくれたのです。

目に見えない存在を想う

みすゞの詩は優しいだけではありません。真昼の空の星に託して、この世を成りたたせている眼に見えない偉大な仕組み、あるいは存在に思いをはせています。

星とたんぽぽ

金子みすゞ

青いお空の底ふかく、
海の小石のそのように、
夜がくるまで沈《しず》んでる、
昼のお星は眼《め》にみえぬ。
見えぬけれどもあるんだよ、
見えぬものでもあるんだよ。

散ってすがれたたんぽぽの、
瓦《かわら》のすきに、だァまって、
春のくるまでかくれてる、
つよいその根は眼にみえぬ。
見えぬけれどもあるんだよ、
見えぬものでもあるんだよ。

『空のかあさま』

この詩にも視点の逆転があります。

第一連では、空を、さながら海の底をのぞき込むように見ると、私たちの目には見えなくとも、海底に沈んでいる小石のように、真昼の空には、満天の星が広がっているのです。

第二連は、たんぽぽの花は散って枯れてしまっても、綿毛《わたげ》のついた種は、風にふかれて屋根瓦へ飛び、すきまにそっと静かに隠れている。誰にも見えなくとも、根をはりながら、春の訪れをじっと待っている。宇宙や自然の本質的なものは、目には見えないところにあると詩人は書いています。

この詩の鑑賞を、拙作『みすゞと雅輔』では、雅輔の感慨《かんがい》として書きました。

［みすゞは、人や田園や花鳥風月を遥かに超えて、もっと深遠《しんえん》なものを詠《うた》っている。草を生やす大地の力、人や生きものを生かしている自然と宇宙、そのすべてを成りたたせている目に見えない偉大なものを描いているのだ。そこにあるものは、小さな蟻《あり》や雀《すずめ》の短い命から、昼間の青空のむこうで億光年の光を放っている星まで永遠はなく、いつかは終わる限りある命を生きている。石ころといった命なきものたちにも永遠はない。そのものたちの宿命と一瞬の輝きを、虫や花や汚れた雪の気持ちにまで寄り添って書いている。甘く愛らしいだけの詩ではない。もっと深く哲学的なものを見通している。］

童謡、文学と音楽と美術が融合した日本の文化遺産

二〇一八年は、童謡百周年でした。一九一八年に八十が「赤い鳥」に書いた「かなりあ」に、翌年、成田為三《なりたためぞう》が曲をつけた楽譜「かなりや」が載り、日本初の歌としての童謡となったことを記念するものです。

大正中期から昭和にかけて、文学としての童謡詩が、白秋、雨情、八十、三木露風などの詩人、与謝野晶子、島木赤彦、若山牧水《わかやまぼくすい》などの歌人、竹久夢二や蕗谷虹児《ふきやこうじ》、加藤まさをらの画家によって書かれ、多くの児童の文芸誌に掲載されて大流行しました。

雑誌には、画家がのびやかな童画を描き、ため息のこぼれるような美しい誌面を作りました。「赤い鳥」の画家は清水良雄、「童話」は川上四郎、「金の星」と「コドモノクニ」は岡本帰一です。

みすゞは、童謡運動がもっとも盛んだった大正中期に、多感な十代を本屋の娘として育ち、童謡詩を愛読し、歌ったからこそ、詩作を始めたのです。詩人金子みすゞは、大正デモクラシーと童謡運動なくしては誕生しなかったことは重要です。

童謡詩は、中山晋平、山田耕筰《こうさく》、本居長世《もとおりながよ》らが作曲して音楽となり、ラジオ放送、レコードという新しいメディアにより歌謡として広まるにつれて、文芸としては衰退していきますが、むしろ誰もが愛唱する歌になったことで、百年をこえて私たちは歌い継《つ》い

できたのです。

今も歌われる童謡、たとえば「からたちの花」、「十五夜お月さん」「シャボン玉」、「肩たたき」、「赤とんぼ」、「花嫁人形」は、大正から昭和の童謡運動で創られたものです。文学者、音楽家、美術家、編集者が力をあわせ、智恵をしぼり、熱意をこめて、子どもたちの自由な心、日本人の懐かしい原風景を、美しい言葉と旋律《メロディー》、叙情画で表した童謡は、海外にも類をみない総合芸術であり、世界に誇る日本の文化遺産です。

陽の当たらないところに生きるものへの励まし

現在では、みすゞの詩は五百十二作すべてに西村直記、大西進、また中田喜直《なかだよしなお》（7）、湯山昭、吉岡しげ美、石若雅弥《いしわかまさや》、三宅悠太などの作曲家が曲をつけ、全国の合唱団、学校のコーラス部で歌われています。

みすゞの詩は、人間の孤独、小さな命の愛おしさ、自然の不思議、世界を成り立たせている真理を描く詩だけでなく、私たちの心を励まし、温かく優しい気持ちにさせてくれる言葉に根源的な魅力があります。

明るい方へ

金子みすゞ

明るい方へ
明るい方へ。

一つの葉でも
陽《ひ》の洩《も》るとこへ。

藪《やぶ》かげの草は

明るい方へ
明るい方へ。

翅《はね》は焦《こ》げよと
灯《ひ》のある処《とこ》へ。

夜飛ぶ虫は。

明るい方へ、
明るい方へ。
一分《いちぶ》もひろく
陽《ひ》の射《さ》すとこへ。
都会《まち》に棲《す》む子等《こら》は。

「愛誦」昭和二年一月号

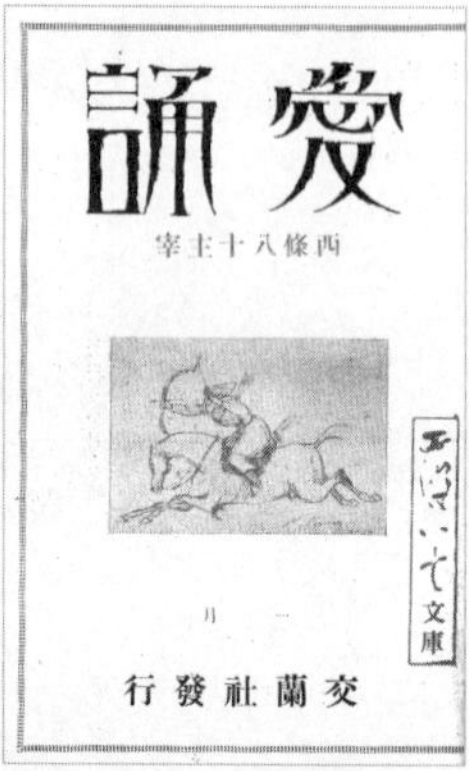

「愛誦」昭和2年1月号
右に「西條八十文庫」の印

この詩も、植物、虫、子どもと、小さな、か弱いものを挙《あ》げています。

しかも植物は、日光を浴びる大輪のひまわりではなく、薄暗い藪かげの葉っぱ、虫は昼間の蝶々ではなく、夜の暗闇のなかを飛ぶ虫、子どもは日に焼けた田舎の子ではなく、建物の建ちならぶ都会の子どもです。

たとえ陽の光にとぼしい境遇にあっても、一枚の葉っぱでも光をもとめていこう、虫は翅《はね》が焦げようとも燃える灯りに近づいていこう、空が建物でさえぎられる都会の子も、陽ざしをもとめて生きていこう。

陽の当たらないところに生きる弱き者たちへの祈りのような励ましを、詩人はこの詩に込めているのです。

励ましの詩

星のかず

金子みすゞ

十《とお》しきゃない
指で、
お星の
かずを、
かずえて
いるよ、
きのうも
きょうも。

十しきゃない
指で、
お星の
かずを、
かずえて
ゆこう。

いついつ
までも。

『空のかあさま』

「かずえる」は数えるであり、山陰地方の方言です。私も子どものころ、「かずえる」と話していました。みすゞの口ぶりが、まるで幼なじみの懐かしい声のように聞こえてきます。

夜空に光る星は、遠く高いところに光っている憧れ、仰ぎ見る理想の世界です。満天に広がる数え切れないほどの星……。私たちは一度にたくさんの夢を見ることも、叶えることもできません。一つずつ、夢を見て、一つずつ、願って、一つずつ、実らせていこう、一つずつ……。

みすゞは自分に語りかけるように、さらに読む人を励ますように書いています。

「このみち」〜未来へのまなざし

最後にみすゞの詩「このみち」を紹介します。ちなみに白秋は「赤い鳥」大正十五年八月号に、有名な詩「この道」を発表しています。

この道《みち》　　　北原白秋

この道《みち》はいつか来《き》た道《みち》、
　ああ、そうだよ、
あかしやの花《はな》が咲《さ》いてる。

あの丘《おか》はいつか見《み》た丘《おか》、

ああ、そうだよ、
ほら、白《しろ》い時計台《とけいだい》だよ。

この道《みち》はいつか来《き》た道《みち》、
ああ、そうだよ、
母《かあ》さんと馬車《ばしゃ》で行ったよ。

あの雲《くも》もいつか見《み》た雲《くも》、
ああ、そうだよ、
山査子《さんざし》の枝《えだ》も垂《た》れてる。

「赤い鳥」大正十五年八月号

白秋の「この道」は、かつて少年の日に、この道を母さんと通った想い出と、西洋的な時計台の情景をノスタルジックに追想し、少年時代に見た遠い風景と、優しい母さんの面影もほんのり浮かびます。

みすゞは結婚前、つまりこの詩よりも早い大正十四年ごろに「このみち」を書いています。

このみち

金子みすゞ

このみちのさきには、
大きな森があろうよ。
ひとりぼっちの榎《えのき》よ、
このみちをゆこうよ。

このみちのさきには、
大きな海があろうよ。
蓮池《はすいけ》のかえろよ、
このみちをゆこうよ。

このみちのさきには、
大きな都があろうよ。
さびしそうな案山子《かかし》よ、

このみちを行こうよ。

このみちのさきには、
なにかなにかあろうよ。
みんなでみんなで行こうよ、
このみちをゆこうよ。

『空のかあさま』

詩中の「榎《えのき》」はニレ科の落葉高木、「かえろ」は蛙《かえる》です。
白秋「この道」の過去へのまなざしに対して、みすゞの「このみち」は未来への希望の詩です。
私たちが生きていく人生という道の先に、何があるのか、誰にもわかりません。けれど、この道の先には、大きな森があろう、大きな海が、大きな都《みやこ》が、すばらしい何かがあろう。今は一人ぼっちでも、この道の先には、きっと仲間がいる、広い世界がある、明るい未来があると信じて、みんなで歩いて行こう……。
この詩が百年近く前の大正時代に書かれたことを想うと、その新しさ、時代を超えたメッセージにあらためて感嘆します（この詩は三宅悠太氏の作曲により美しい合唱曲になっています。ネットでお聴きください）。

詩人金子みすゞの文学研究

現在、みすゞの詩集は、師事した八十の詩集よりも広く読まれ、日本を代表する詩人の一人です。

しかし彼女が詩を書いた大正昭和において、彼女には一冊の詩集もなく、雑誌に自作を送る素人《しろうと》の投稿家でした。

一方で、みすゞは女学校の卒業式で総代《そうだい》をつとめた秀才でした。仙崎と下関で書店に勤務した働く女でした。結婚して妻となり、夫と暮らし、身ごもり、出産し、母親として子どもを育てた成熟した大人の女性でした。何より七年間で、多様なテーマの詩を五百作以上も書いた意欲的な文学の創造者でした。

二十六歳の若さで亡くなった憐《あわ》れさ、子どもたちを描いた優しい詩風のために、みすゞはどこか天女のように思われがちです。私自身も、みすゞを無垢な女の子のように思いがちでした。

しかしみすゞの生涯と心を考えながら彼女の小説を書き、詩を読みとくうちに、一人の文学者、一人の女性としての金子みすゞを理解するようになったのです。

みすゞを、一人の人間、等身大の女性として理解すること、優しさや母性愛や可愛らしさと同時に、未来への抱負もそなえた一人の文学者として見る視点から、詩人金子みすゞの文学研究はこれからますます深まっていくでしょう。

本書は、私が感じたみすゞの詩の鑑賞であり、読む人それぞれに異なる鑑賞がありま す。

詩や小説などの文学作品を読むことは、個人的な体験です。その人の感性、これまで生きてきた人生の道筋、経験によって、自分だけの読み方があります。

読む人の心と、詩人の心が一つになり、詩人の言葉が読み手の心に響きわたり、忘れがたい余韻を残していく……。それが詩歌を味わう喜びです。

金子みすゞの詩から、あなたの心にこだまする一作を、あなたの心の糧《かて》となる詩を見つけて、末永く愛誦《あいしよう》して頂けましたら幸いです。

『金子みすゞと詩の王国』註釈

まえがき　詩の王国へ

（1）**みすゞの詩には、王女、王様、王国が描かれます。**……まえがきに列挙した「王様のお馬」「砂の王国」「世界中の王様」「私と王女」「女王さま」のほか、「見えない星」「絹の帆」「金の好きな王様」「おはなし」にも描かれる。いずれも西洋のおとぎばなしのような風趣がある。

第一章　詩心の原風景〜童謡詩の誕生

（1）**西條八十**《やそ》……詩人、英仏文学者、作詞家（一八九二〜一九七〇）、東京出身。早稲田中学で英語教師の吉江喬松《たかまつ》（筆名吉江孤雁《こがん》）の薫陶をうけて文学に魅了される。早稲田大学卒業後、幻想を繊細優美に詠った第一詩集『砂金』で注目され、『見知らぬ愛人』『美しき喪失』『蠟人形』などで抒情詩、少年愛国詩を書き、また民謡、軍歌、歌謡曲の作詞で活躍。大正時代は童謡運動に参加し、雑誌「童話」投稿欄の選者を務め、金子みすゞ、島田忠夫らの投稿詩人を指導した。

（2）**『美しい町』**……昭和四年にみすゞがまとめた三冊の手書き詩集の一冊目。詩作を始めた大正十二年春から大正十三年頃に書いた詩を収める。現存するものは昭和四年夏から秋にかけて推敲、ポケット版手帳の見本に清書し、同年十一月に東京にいる弟の上山雅輔に送った一冊。雑誌に載った初出誌の語句、句読点とは若干の異同がある。

（3）**上山雅輔**《かみやまがすけ》……作詞家、脚本家、演出家（一九〇五～一九八九）、山口県出身。本名上山正祐《うえやままさすけ》。幼少期に金子家から下関の上山《うえやま》家文英堂《ぶんえいどう》へ養子に出る。戦前は文藝春秋社の雑誌編集者、戦中は古川ロッパ一座の脚本家、戦後は劇団若草を創設、児童劇団の演出にあたり、日本大学藝術学部でも演劇論を指導した。上山は西日本では「うえやま」と読むが、東京で「かみやま」と読まれたため筆名は「かみやまがすけ」と名乗った。『金子みすゞ童謡全集』は雅輔が保管していた手書き詩集三冊に基づく。

（4）**「キング」**……大正十三年に講談社から発行された大衆総合雑誌。「日本一おもしろい、日本一為《ため》になる、日本一安い雑誌」をモットーとし、創刊号は七十四万部、二年後に日本出版史上初の百万部、昭和初期に百五十万部を記録した。昭和三十二年終刊。

（5）**菊池**《きくち》**寛**《かん》……小説家、劇作家（一八八八～一九四八）、香川県出身。戯曲『父帰る』、小説『恩讐の彼方に』『入れ札』、通俗小説『真珠夫人』『受難華』。雑誌「文藝春秋」創刊、文藝春秋社（現文藝春秋）を創立、小説家協会（現日本文藝家協会）を設立して文筆家の福利厚生をはかり、芥川賞、直木賞の設立など文壇で幅広く活躍した。

（6）**吉野作造**……政治学者、思想家（一八七八～一九三三）、宮城県出身。雑誌「中央公論」で民主主義、政治と社会の民主化を主唱し、知識層に大きな影響を与えた。

（7）**民本主義**《デモクラシー》……吉野作造によるデモクラシー democracy の訳語。政党内閣制、普通選挙、女性参政権など大正デモクラシーの指導原理となった。

（8）**普通選挙**……明治に選挙制度が始まると高額納税男性のみ参政権があったが、大正時代一九二五年の普通選挙法により二十五歳以上の全男性が参政権を得た。女性に選挙権はなかった。

（9）**鈴木三重吉**……小説家、児童文学作家（一八八二～一九三六）、広島県出身。短編「千鳥」が夏目漱石に推賞され文壇に出る。大正時代に「赤い鳥」を創刊、児童文学の発展に貢献。

（10）**「赤い鳥」**……鈴木三重吉が児童のための芸術的な文芸誌として大正七年創刊。芥川龍之介「蜘蛛の糸」、北原白秋の童謡詩など多くの文学作品を掲載。また自由画、綴り方（作文）、童謡詩の投稿欄をもうけて読者の芸術育成を行った。昭和四年から二年間の休刊を挟んで昭和十一年まで約二百冊が刊行。

（11）**芥川龍之介**……小説家（一八九二～一九二七）、東京出身。短編「鼻」が漱石に認められる。「羅生門」「地獄変」。昭和二年に服毒自殺。シナリオ作家志望だった雅輔は大正期の「赤い鳥」に載った芥川の「魔術」「杜子春」を習作として脚色。

（12）**北原白秋**……詩人・歌人（一八八五～一九四二）、福岡県出身。与謝野鉄幹の「明星」に詩歌を発表。耽美的な詩集『邪宗門』、歌集『桐の花』など。「赤い鳥」に童謡詩を発表、投稿欄の選者をつとめる。「からたちの花」「この道」「揺籃《ゆりかご》のうた」、童謡集『トンボの眼玉』。

（13）**島木《しまき》赤彦**……歌人・詩人（一八七六～一九二六）、長野県出身。伊藤左千夫に師事、写生の歌風で「アララギ」の指導的同人。「童話」に童謡詩を多数発表、三冊の童謡詩集があり、斎藤茂吉が巻末記を書く。詩人の島田忠夫は短歌と童謡詩で島木に師事した。

（14）**清水良雄**……画家（一八九一～一九五四）、東京出身。東京美術学校（現東京藝術大学）西洋画科卒業。「赤い鳥」の表紙とさし絵を創刊号から昭和十一年の終刊まで担当、明るい画風で「赤い鳥」のイメージを確立。「コドモノクニ」「キンダーブック」でも活躍。昭和二年に川上四郎、岡本帰一らと日本童画家協会を結成して童画というジャンルを確立。

(15) **「金の船」**……「赤い鳥」発刊の翌年、一九一九年にキンノツノ社から創刊された児童文芸雑誌。創刊号巻末に「近頃になって、こどもの読物に新運動が起りました。此《こ》の意義ある運動によって、惰気満々《だきまんまん》としていた子供の読物が、どれだけ、改善されたか知れません。」とあり、童謡運動への気概が読み取れる。「赤い鳥」「童話」と共に童謡運動を牽引《けんいん》。看板詩人と童謡詩選者は野口雨情。大正十一年に「金の星」と誌名を変更、昭和四年廃刊。岡本帰一が表紙と口絵を担当。みすゞの童謡詩は「八百屋のお鳩」が大正十二年九月号に入選。

(16) **野口雨情**……童謡詩人、民謡作詞家（一八八二～一九四五）、茨城県出身。「金の船」「金の星」に童謡を発表。「七つの子」「シャボン玉」「赤い靴」「青い眼の人形」「雨降りお月さん」などが、本居長世《もとおりながよ》や中山晋平の作曲により優れた童謡歌となる。

(17) **「童話」**……コドモ社が大正九年に創刊した児童文芸誌。後に『虎ちゃんの日記』で童話作家となる千葉省三が二十七歳で編集を始める。西條八十が童謡詩を寄稿、選者をつとめる。みすゞが最も多く投稿した雑誌で、大正十二年から約四十作が掲載。大正十五年廃刊。

(18) **「コドモノクニ」**……婦人画報社の前身、東京社が大正十一年に創刊した幼児向けの絵雑誌。大型の判型、五色カラー刷りの童画、優れたデザインで人気を博す。みすゞの詩は没後の昭和十一年に「竹とんぼ」「オサカナ」を八十が掲載。昭和十九年休刊。

(19) **岡本帰一《きいち》**……画家（一八八八～一九三〇）、兵庫県生まれ。黒田清輝に学び、「金の船」「金の星」「コドモノクニ」の表紙とさし絵を担当。島村抱月の芸術座で舞台美術も手がける。

（20）**川上四郎《しろう》**……画家（一八八九～一九八三）、新潟県出身。東京美術学校卒業、図画の教職を経てコドモ社入社。「童話」の創刊号から表紙とさし絵を手がける。

（21）**成田為三《ためぞう》**……作曲家（一八九三～一九四五）、秋田県出身。東京音楽学校（現東京藝術大学）で山田耕筰《こうさく》に学ぶ。日本初の童謡「かなりや」「赤い鳥小鳥」などを作曲、ベルリンに留学し、音楽理論書を著す。

（22）**三番と四番**……「蛍の光」稲垣千《いながきち》穎《かい》作詞の三番。「筑紫《つくし》の極み、陸の奥、／海山遠く、隔《へだ》つとも、／その真心は、隔《へだ》て無く、／一つに尽くせ、国の為。」、四番「千島《ちしま》の奥も、沖縄も、／八《や》洲《しま》の内《うち》の、護《まも》りなり、／至《いた》らん国に、勲《いさお》しく、／努めよ我が兄《せ》、恙《つつが》無く。」『小学唱歌集』初編、明治十四年。

（23）**お乳の川**……ギリシア神話では、天の川は母乳が流れたものとされ、英語のミルキー・ウェイ（天の川）の語源。また冬の星座に、おおいぬ座とこいぬ座があり、その間に天の川がある（ただし冬は天の川はよく見えない）。みすゞはこの神話や星座を知っていたと思われる。

（24）**『空のかあさま』**……三冊ある手書き詩集の二冊目。大正十五年二月の結婚前に雅輔に読ませていることから、大正十三年から十四年頃の創作集。現存するものは昭和四年夏から秋に推敲して、ポケット版手帳に清書し、雅輔に郵送したもの。

（25）**『さみしい王女』**……手書き詩集の三冊目。昭和四年秋に雅輔に郵送していることから、大正十五年頃から昭和四年に創作した詩をまとめたもの。八十の渡仏以後は選者が代わり、みすゞの詩が「童話」で高評されず、「童話」廃刊、「金の星」廃刊の時期に書かれた『さみしい王女』の詩には哀調や諦念を帯びた作品が含まれる。

(26) **みすゞが生涯抱き続けた癒やしがたい孤独**……雅輔は、昭和十六年の日記帳を使ったノート「評註 金子みすゞ童謡集」に書いている。[作者はそのさびしさを終生抱きつづけたさびしい人であった。]

第二章 視点の逆転、想像の飛躍〜投稿詩人の誕生

(1) **北前船**……江戸中期から明治中期、大阪から北海道を結んだ廻船。西国で米、古着、酒などを仕入れて下関から日本海へ出て各地に寄港しながら北上。北国で売り、北海道で昆布や鰊《にしん》などを仕入れて大阪へ戻り売った。明治中期までの物流の大動脈であり中継地の下関に繁栄をもたらした。

(2) **関釜《かんぷ》連絡船**……明治末期から第二次大戦終結まで、下関と釜山《プサン》を結んだ連絡船。日本から朝鮮半島、満州、中国、ヨーロッパへ至る国際交通網の一部でもあり、大勢の兵士と民間人が利用した。

(3) **兵庫県丹波地方に生まれ**……松蔵は幕末に丹波国氷上郡大路村に生まれる。みすゞの詩「栗と柿と絵本」に「伯父さんとこから栗が来た、／丹波のお山の栗が来た。／栗のなかには丹波の山の／松葉が一すじはいってた。」とある。丹波は栗の産地。松蔵は雅輔を丹波に連れて行くなど親戚づきあいをした。また丹波出身の松蔵の甥が青島の文英堂を経営した。

(4) **ロングフェロー**……米国詩人ヘンリー・ワズワース・ロングフェロー(一八〇七〜八二)。カナダのフランス系夫婦の悲恋長編詩『エヴァンジェリン』、ダンテ『神曲』の英訳など。十九世紀の北米の人気詩人で、日本にも古くから翻訳紹介された。

（5）**雅輔日記**……雅輔が大正十年（十六歳）から平成元年の他界直前までつけた日記。六年分の所在が不明だが、それ以外の日記、回想録「年記」、シナリオノートなど手書き資料が四国にあると平成二十六年に判明。みすゞに関する様々な新事実が記載。

（6）**古川ロッパ**……喜劇俳優（一九〇三～六一）、東京生まれ。加藤男爵家の六男、生まれてすぐに古川家の養子に。養父（国鉄、満鉄）の北九州市への転勤に伴い、小学、中学時代を、北九州市の小倉《こくら》で過ごす。小倉中学の同級生が、雅輔の下関商業学校での先輩だった伝手《つて》から「映画時代」編集部のロッパを訪問。この雅輔の訪問に先立ち、みすゞがロッパに宛てて弟の就職の力添えを依頼する手紙を送っていたことが回想録「年記」に書かれている。ロッパは文藝春秋社「映画時代」編集から、声帯模写で俳優に転じ、昭和八年に浅草で「笑の王国」を旗揚げ、人気弁士だった徳川夢声らと出演、エノケン（榎本健一）と並ぶ喜劇スターとなる。昭和十一年、東宝で古川ロッパ一座を結成。有楽座の舞台、映画で活躍。戦後はラジオに出演。膨大な日記を残し、全四巻組で刊行。雅輔は昭和四年から「映画時代」編集部で部下として働き、昭和八年頃からロッパ喜劇のプログラム編集、脚本執筆、劇中歌や映画主題曲の作詞を担当した。

（7）**菊田一夫**……劇作家（一九〇八～七三）、神奈川県出身。詩人サトウハチロー門下生から、喜劇作家となり浅草の常盤座、金龍館などの爆笑喜劇を書く。昭和十一年から東宝でロッパ一座の芝居を書く。昭和三十年、東宝芸術座を創設。ラジオドラマ「君の名は」、舞台「放浪記」など。

（8）**浅草オペラ**……大正中期から関東大震災まで浅草六区で上演されたオペラ、オペレッタ、ミユージカル。下関ゆかりの藤原義江《ふじわらよしえ》、下関出身の二村定一《ふたむらていいち》などを輩出。

（9）**徳川夢声**……映画弁士、漫談家、随筆家（一八九四～一九七一）、島根県出身。無声映画の弁士として人気を博し、トーキー映画出現後は「笑の王国」や文学座に出演。吉川英治著『宮本武蔵』のラジオ朗読で独特の話術を披露、テレビの司会や対談、随筆で多方面に活躍。

（10）**閨秀の童謡詩人が皆無**……閨秀の「閨」は女性の部屋、転じて女性。「閨秀」は学問、芸術に優れた女性。八十としてはみすゞへの好意をこめて風雅な言葉を使ったと思われるが、この言葉は、後に使われる「女流作家」と同様、文学は男がするものという意識から生まれた言葉。八十に差別意識があったわけでなく、当時の一般的な意識で、「閨秀」に対応して男性を指す言葉はない。「皆無」については、実際は大正九年の「金の船」に童謡詩を寄せた茅野雅子（一八八〇～一九四六）、「少女の友」などに書いた与謝野晶子があり、『日本童謡集』（昭和三十二年）にも大正時代の女性詩人の作が掲載されるが、多くはない。

（11）**クリスティーナ・ロセッティ**……英国の抒情詩人（一八三〇～九四）。宗教詩、恋愛詩、童謡詩を書き、代表作『妖精の市場《ゴブリン》』など。日本では竹友藻風による訳詩評論集（大正十三年）が刊行。みすゞはこの本を読んでいることが「琅玕集《ろうかんしゅう》」に記載。

（12）『**琅玕集**《ろうかんしゅう》』……みすゞが大正十四年から翌年にかけて愛読詩を書き写した詞華集。琅玕は翡《ひ》翠色《すいいろ》をした半透明の中国産の美石。青緑の色から美しい竹の意味もあり、みすゞの筆名の元になったミスズタケにも通じる。

（13）**テニスン**……英国詩人アルフレッド・テニスン（一八〇九～九二）。ヴィクトリア朝を代表する詩人、桂冠詩人で日本で古くより翻訳紹介された。代表作に『イノック・アーデン』、古代ケルトのアーサー王伝説に基づいた『国王牧歌』など。

(14) **外山正一**《とやままさかず》……教育家、詩人（一八四八〜一九〇〇）、東京出身。英米に留学、日本初の近代詩・訳詩集『新体詩抄』。東京帝国大学総長、文部大臣。女子教育と図書館普及を奨励。漢字廃止とローマ字採用を主張。

(15) **『若菜集』**……島崎藤村（一八七二〜一九四三）の第一詩集（春陽堂、一八九七年）。文語体で、流麗な七五調で書かれ、八十は愛誦した。「初恋」第一連は「まだあげ初めし前髪の／林檎のもとに見えしとき／前にさしたる花櫛の／花ある君と思いけり」

(16) **深尾須磨子**……詩人（一八八八〜一九七四）、兵庫県出身。与謝野晶子に師事。第一詩集『真紅の溜息』（一九二二）。渡仏して作家シドニー・ガブリエル・コレットの知遇を得て、彼女の小説を邦訳。須磨子の言葉に「詩は時代の先頭にたつべきだ。行動のない詩に生命はない」がある。戦時中はファシズムのムッソリーニ礼賛を書き、戦後は平和運動に身を投じた。

(17) **高群逸枝**《たかむれいつえ》……詩人、女性史研究家（一八九四〜一九六四）、熊本県出身。長編詩『日月の上に』で絶賛される。後に古代・中世・近世の女性史を研究し、『母系制の研究』、『女性の歴史』全四巻などを著す。

(18) **竹内てるよ**……詩人（一九〇四〜二〇〇一）、北海道出身。第一詩集『叛《そむ》く』（一九二九年）。二〇〇二年に当時の美智子皇后がスイスでの国際児童図書評議会大会にて、てるよの詩「頰」を英訳紹介して話題となる。

(19) **英美子**《はなぶさよしこ》……詩人（一八九二〜一九八三）、静岡県出身。一九二一年より八十に師事、八十主宰の「白孔雀」同人。第一詩集『白橋の上に』（一九二五年）。

(20) **与謝野晶子**……歌人（一八七八～一九四二）、大阪府出身。与謝野鉄幹の新詩《しんし》社《しゃ》に加わり「明星」に詩歌を発表。歌集『みだれ髪』、日露戦争出征の弟へむけた詩「君死にたもうことなかれ」、『新訳源氏物語』。童謡詩も手がけ、二〇〇七年『童謡集・薔薇と花子』が刊行。

(21) **水谷まさる**……童話作家・童謡詩人（一八九四～一九五〇）、東京出身。コドモ社で編集者をつとめ、大正十年ごろから詩作を始め、「コドモノクニ」「童話」などに寄稿。昭和三年、千葉省三らと同人誌「童話文学」を創刊。童謡「あがり目さがり目」など。

(22) **映画館**……大正時代の下関には多くの映画館があった。雅輔は十代から映画館に通いつめ、批評を帳面や日記に記録。大正十二年にみすゞと松竹映画を見に行った記録もある。昭和四年から文藝春秋社の雑誌「映画時代」の記者、編集者となる。

(23) **「婦人公論」**……大正五年創刊。「民本主義」を説いた「中央公論」の女性版として創刊され、社会問題を取りあげ、知的な女性を読者とした。

第四章　「童話」の投稿仲間～島田忠夫、佐藤よしみ、渡邊増三

(1) **島田忠夫《ただお》**……歌人、詩人（一九〇四～四四又は四五）、茨城県出身。島木赤彦に師事、短歌と詩を書き、「童話」に童謡詩を投稿。選者の吉江孤雁に絶賛され、童謡詩集『柴木集』、『田園手帖』を出版。俳画も手がける。みすゞと文通して下関を訪れるも、みすゞは病臥して面会せず。没後に檀上春清編による詩集『山家集』がある。

(2) **片平庸人《かたひらつねと》**……詩人（一九〇二～五四）、宮城県出身。十代から童謡詩を「赤い鳥」「童話」「金の船」に投稿。童謡集『ほうほうはる』。

（3）**佐藤よしみ（義美）**……詩人・児童文学作家（一九〇五～六八）、大分県出身。十代から「赤い鳥」「童話」に投稿。第一童謡集『みなとの子』、昭和七年に童謡集『雀の木』。童謡「いぬのおまわりさん」「グッドバイ」。戦後は童話を執筆。童話集『あるいた雪だるま』、没後に『佐藤義美全集』刊行。

（4）**渡邊増三**……童謡詩人（一九〇六～二五）、山形県生まれ。病気療養をしながら「童話」に投稿、一九二四年に童謡詩集『絲《いと》ぐるま』を出すも、十九歳で病没。

（5）**吉江《よしえ》孤《こ》雁《がん》**……フランス文学者、翻訳家、詩人（一八八〇～一九四〇）、長野県出身。本名吉江喬松《たかまつ》。早稲田中学の英語教師（教え子に八十）を経て、早稲田大学に仏文科創設。八十を仏文科に迎えるにあたり、パリへ留学させた。八十の渡仏中、「童話」の童謡詩選者。農村の暮らしを写実的に描く農民文芸運動を提唱、島田忠夫の田園詩を絶賛。「童話」に童話とフランス渡航記を寄稿。バルザックなど仏文学の翻訳多数。

（6）**豊島《とよしま》与志雄《よしお》**……作家、翻訳家、児童文学者（一八九〇～一九五五）、福岡県出身。東大在学中に芥川や菊池らと「新思潮」刊行。翻訳に『レ・ミゼラブル』、『ジャン・クリストフ』（雅輔は大正時代に読み刺激を受ける）、「赤い鳥」に童話を寄稿、童話集を刊行。戦後は日本ペンクラブ再建に尽力。太宰治と交流、彼の葬儀委員長を務める。

（7）**宇野浩二**……小説家、児童文学作家（一八九一～一九六一）、福岡県出身。児童文学作品は百九十作を超える。「当時文壇作家のほとんどが童話を書いたが、多くは小遣い銭稼ぎの片手間仕事で、童話を書くことの意味など深く考えることがなかった。が、宇野浩二は「童話めいた小説」を排し、「子供の世界の消息」としての童話を書くことを主張し、物語性を重視した。」『児童文学事典』より引用。

（8）**淀川長治《ながはる》の通信も載っています**……映画評論家（一九〇九～九八）、兵庫県出身。長治十六歳の投稿。「「冬」と名のつく時候《じこう》になってしまいましたね。広い縁側へ籐椅子《とういす》を持ち出して、色々な本を読みながら、日向《ひなた》ぼっこをする楽しい時ですね。山の紅葉《もみじ》は、川の上に散って行きます。やがてあの灰色の空から、冷たい粉雪が降り初めるでしょう。今、私はこのお手紙を書きながら考えました。このお手紙が誌上に出る時は、あの楽しい〳〵お正月の時でしょう？　で、みなさんや先生の方々に、クリスマスとお正月の新しい年をお祝い申上げます。メリークリスマス、アンド、ハピイ、ニュ、イアー。先生、これ何という意味か知っていられますか？　ではサヨナラ（神戸　淀川長治）」。

（9）**同世代の意欲的な詩人の卵たちとの交流**……佐藤義美の手紙が「童話」大正十三年八月号通信欄に掲載。「島田忠夫様、金子みすゞ様、渡邊増三様、私は貴君方《あなたがた》の謡《うた》に憧れています。あんなのんびりした明るさや大らかさ、又、あどけなさや面白さを幼い心で幼い言葉をかりて作る、其《それ》はほんとに難しい事ですね、渡邊様、お体がお弱いと聞きましたお気をつけ下さい。」

（10）**カール・ブッセ**……ドイツの浪漫派詩人、小説家（一八七二～一九一八）。詩「山のあなた」が上田敏の訳で知られる。小説『青春の嵐』。第一次大戦終結直後にスペイン風邪で死去。

（11）**「山のあなた」**……山のあなたの空遠く／「幸《さいわい》」住むと人のいう。／噫《ああ》、われひと、尋《と》めゆきて、／涙さしぐみ、かえりきぬ。／山のあなたになお遠く／「幸」住むと人のいう。／上田敏訳詩集『海潮音』新潮文庫

（12）**宇野千代**……小説家、着物デザイナー（一八九七～一九九六）、山口県出身。岩国高女卒。

新聞の懸賞小説に入選して単身上京。戦前は『色ざんげ』、戦後は『おはん』、随筆『生きて行く私』など。

（13）**林芙美子**……小説家（一九〇三〜五一）。苦学して尾道高女を卒業。上京して貧困の中、様々な職業につき、昭和三年、「女人芸術」に連載した自伝的小説『秋が来たんだ―放浪記』で流行作家となる。戦争中は従軍作家として中国や南方へ。戦後の代表作「晩菊」「浮雲」。

第五章　みすゞの結婚、童謡詩の衰退

（1）**石井桃子**……児童文学者、翻訳家（一九〇七〜二〇〇八）、埼玉県生まれ。文藝春秋社、新潮社、岩波書店で編集に従事。訳書にミルン著『クマのプーさん』、ポター著『ピーターラビットのおはなし』シリーズ、小説『ノンちゃん雲に乗る』。昭和三十六年に英国でエリナー・ファージョンと会う。自伝的長篇小説『幻の朱い実』。

（2）**永井龍男**……小説家（一九〇四〜九〇）、東京出身。文藝春秋社で雑誌編集にあたる。龍男が雅輔、古川ロッパ、朝鮮の童話作家馬海松《マ・ヘソン》らと撮った写真が「映画時代」昭和五年七月号に掲載。「オール讀物」「文藝春秋」の編集長を務め、戦後は文筆に専念。『一個その他』『わが切抜帖より』。

（3）**与田準一**……詩人・童話作家（一九〇五〜九七）、福岡県生まれ。小学校教員をしながら「赤い鳥」に童謡詩を投稿。白秋に認められて上京、白秋の息子の家庭教師として同居。童謡詩集『旗・蜂・雲』『山羊とお皿』。『日本童謡集』編纂、童話『五十一番めのザボン』、『与田準一全集』。日本児童文学者協会長をつとめた。

（4）**『南京玉』**……昭和四年から翌年、みすゞが娘の片言の言葉を三百以上書き留めたノート。南京玉とはガラスなどのビーズ。小さくとも光る美しい言葉を意図している。

第六章　みすゞの死、西條八十の哀悼

（1）**太宰治**……小説家（一九〇九〜四八）、青森県出身。実家は津軽の大地主。弘前高校時代に芥川龍之介を崇敬、芥川のポーズを真似て写真撮影。井伏鱒二に師事。『富嶽百景』『津軽』『斜陽』『人間失格』。無頼派の作家であり、最期は玉川上水に山崎富栄と入水。

（2）**ヴィクトル・ユーゴー**……フランスの詩人、劇作家、小説家（一八〇二〜八五）。浪漫派の国民的文豪、詩集『東方詩集』、小説『レ・ミゼラブル』『ノートル＝ダム・ド・パリ』。

間奏曲　みすゞが敬愛した西條八十の小曲

（1）**エリナー・ファージョン**……英国の児童文学作家（一八八一〜一九六五）。一九一六年の童謡詩集『ロンドンの町のわらべうた』、一九二一年の短編集『リンゴ畑のマーティン・ピピン』で認められ、八十渡仏の一九二四年には人気作家だった。日本では石井桃子らの翻訳で紹介。短編集『ムギと王さま』。

第七章　戦争と軍国童謡

（1）**満州事変**……昭和六年、中国東北部の奉天（現瀋陽）北方の鉄道爆破事件を契機とする日本関東軍の軍事行動。翌年、満州国建国、日中戦争へ拡大。

（2）**平井英子**《ひでこ》……童謡歌手（一九一七？〜二〇二二）、東京出身。作曲家中山晋平の門下生となり、ビクター専属の童謡歌手として「てるてる坊主」「証城寺の狸囃子」「アメフリ」などをレコード発売。大正から昭和前期に活躍、二十代で結婚引退。

（3）**アッツ島**……米国アラスカ州、北太平洋アリューシャン列島の島。第二次大戦中に日本軍が占領、米軍が上陸反撃、日本軍は捕虜を除き戦死と自決で全滅。初めて「玉砕」という言葉が使われ、激戦の絵画や詩歌が創作された。

（4）**深山容子**《みやまようこ》……劇団若草会長（一九〇五？〜一九九六）、島根県出身。大正時代に十代で上京、東洋家政女学校師範科卒業。校長の岸辺福雄は白秋と共に芸術教育運動を行い、容子は児童の個性を伸ばす教育指導を学ぶ。島根での小学校教員を経て再上京、雅輔と結婚。一九四九年、夫と劇団若草を創設、子役の養成、俳優のマネージメント、演劇公演に当たる。

（5）**上山七重**《うえやまななえ》……劇団若草社長（一九三一〜二〇〇六）、山口県生まれ、芸名八重垣緑《やえがきみどり》。社長当時の劇団若草には吉岡秀隆、山本耕史らが所属。

第八章　心にこだまする言葉〜童謡とみすゞの復活

（1）**「里の秋」（静かなしずかな　里の秋）斎藤信夫作詞**……この詩の原形「星月夜」は昭和十六年に、戦場にいる父の武運を祈る戦時童謡として書かれ、作曲はされなかった。戦後、復員する父の無事を祈る「里の秋」として書き直され、海沼實が曲をつけてラジオで放送されると、戦地から帰る父を待つ人々の共感を得て大反響を巻き起こした。

（2）**まど・みちお**……詩人（一九〇九〜二〇一四）、山口県生まれ。台湾総督府勤務の傍ら詩作を始め、「コドモノクニ」へ童謡詩を投稿、白秋に認められる。童謡歌「ぞうさん」「やぎさんゆうびん」「一年生になったら」「ふしぎなポケット」。

（3）**「あゝ、高原を馬車は行く」**……上山雅輔作詞「朝霧なびく　高原を／たてがみ揺れて　勇《いさ》む駒《こま》／君指《きみゆび》させし　道の辺《べ》の／竜胆《りんどう》青く　目に沁《し》みる／のぞみをのせて　恋のせて／あゝ　高原を馬車が行く／馬車が行く」

（4）**サトウハチロー**……詩人、小説家（一九〇三～七三）、東京出身。八十に入門、童謡を作る。代表作に「うれしいひなまつり」「ちいさい秋みつけた」、戦後の歌謡曲「リンゴの唄」。父は作家の佐藤紅緑、異母妹に作家の佐藤愛子。

（5）**檀上春清**《だんじょうはるきよ》……詩人（一九〇九～七四）、和歌山県生まれ。十代で「童話」などに本名の檀上春之助、また雅号の檀上芳花で童謡詩を投稿。外務省に勤務し、晩年はみすゞ、忠夫の童謡集を刊行。

（6）**レイチェル・カーソン**……米国の作家、海洋生物学者（一九〇七～六四）。農薬を含む化学薬品の問題を指摘した『沈黙の春』、人知を超えた自然を不思議に思う心の豊かさを綴った随筆集『センス・オブ・ワンダー』。

（7）**中田喜直**《なかだよしなお》……作曲家（一九二三～二〇〇〇）、東京出身。代表曲「ちいさい秋みつけた」「めだかの学校」「夏の思い出」「雪のふるまちを」。みすゞの詩「星とたんぽぽ」「私と小鳥と鈴と」「こだまでしょうか」「わらい」「お魚」「繭と墓」などに作曲した。

大漁		『日本童謡集』			
お魚	再掲載	『日本童謡集』			
世界中の王様	再掲載	愛誦		12月	西條八十
薊と墓		愛誦	昭和2年	1月号	西條八十
明るい方へ		愛誦		〃	西條八十
月と泥棒		愛誦		2月号	西條八十
さみしい王女		愛誦		3月号	西條八十
雲		愛誦		4月号	西條八十
雛まつり		愛誦		〃	西條八十
博多人形		愛誦		5月号	西條八十
芝草		愛誦		7月号	西條八十
人なし島		愛誦		〃	西條八十
まつりの頃		愛誦		9月号	西條八十
雀のかあさん		愛誦		〃	西條八十
蜂と神さま		愛誦		10月号	西條八十
女の子		愛誦		〃	西條八十
雨の日		愛誦		11月号	西條八十
ぬかるみ		愛誦		12月号	西條八十
金魚のお墓		愛誦		〃	西條八十
不思議		愛誦	昭和3年	1月号	西條八十
麦のくろんぼ		愛誦		2月号	西條八十
私の丘		愛誦		3月号	西條八十
薔薇の根		愛誦		4月号	西條八十
土	再掲載	愛誦		8月号	西條八十
雪		燭台		9月号	
小さな朝顔		愛誦		10月号	西條八十
七夕のころ		愛誦		11月号	西條八十
なげき		『特選抒情詩集』		10月	西條八十
日の光		燭台		11月号	
丘の上で		燭台	昭和4年	新年号	
雀		愛誦		1月号	西條八十
墓たち		愛誦		2月号	西條八十
汽車の窓から		愛誦		〃	西條八十
羽蒲団		愛誦		3月号	西條八十
花と鳥		愛誦		〃	西條八十
トランプの女王		愛誦		4月号	西條八十
夕顔		愛誦		5月号	西條八十
以下はみすゞ没後					
薊と墓	再掲載	蠟人形	昭和6年	9月号	西條八十
たもと		少女倶楽部	昭和10年	8月号	西條八十
お魚	再掲載	少女倶楽部		〃	西條八十
大漁	再掲載	少女倶楽部		〃	西條八十
芝草	再掲載	少女倶楽部		〃	西條八十
砂の王国	再掲載	少女倶楽部		9月号	西條八十
薊と墓	再々掲載	少女倶楽部		〃	西條八十
女王さま		少女倶楽部		〃	西條八十
竹とんぼ		コドモノクニ	昭和11年	6月号	
オサカナ	再掲載	コドモノクニ		9月号	
人形の木		蠟人形	昭和24年	5・6月号	西條八十
先生	再掲載	少女クラブ	昭和28年	6月号	西條八十
木	再掲載	少女クラブ	昭和28年	6月号	西條八十

木原豊美氏の調査、『金子みすゞふたたび』(今野勉著、小学館文庫)、「童話」復刻版、大正から昭和初期の「愛誦」を元に作成

「推薦」と「入選」の表記の両方が使われている

金子みすゞ作品の初出誌リスト

作品名	選の順位	雑誌名	発行年	号	選者
不明（筆名のみ）	選外佳作	婦人倶楽部	大正12年	8月号	西條八十
お魚	推薦	童話		9月号	西條八十
打出の小槌	推薦	童話		〃	西條八十
芝居小屋	二等	婦人倶楽部		〃	西條八十
おとむらい	選外佳作	婦人画報		〃	西條八十
八百屋のお鳩		金の星		〃	野口雨情
にわとり	佳作	童話		10月号	西條八十
空のあちら	佳作	童話		〃	西條八十
瀬戸の雨	佳作	婦人倶楽部		11月号	西條八十
砂の王国	推薦の一	童話	大正13年	1月号	西條八十
紋附き	佳作	童話		〃	西條八十
美しい町	佳作	童話		〃	西條八十
噴水の亀	佳作	童話		2月号	西條八十
おとむらいの日	佳作	童話		〃	西條八十
手帳	秀逸	婦人倶楽部		2月号	西條八十
麦藁編む子の唄		婦人之友		2月号	
大漁	推薦の二	童話		3月号	西條八十
色紙	推薦の二	童話		〃	西條八十
おはなし	推薦の二	童話		〃	西條八十
楽隊	佳作	童話		4月号	西條八十
浮き島	佳作	童話		〃	西條八十
喧嘩のあと	佳作	童話		〃	西條八十
パチンコと雀		主婦之友		4月号	
げんげ畑		銀の壺		4月号	
山いくつ		婦人之友		5月号	
神輿	入選の一	童話		5月号	西條八十
石ころ	入選の二	童話		〃	西條八十
つゝじ	佳作	童話		〃	西條八十
硝子	佳作	童話		〃	西條八十
子供の時計	佳作	童話		〃	西條八十
箱庭	佳作	童話		6月号	西條八十
花びらの波	佳作	童話		〃	西條八十
電報くばり	佳作	童話		〃	西條八十
浮き雲		婦人世界		7月号	
田舎の絵	推薦の一	童話		8月号	吉江孤雁
草山	佳作	童話		〃	吉江孤雁
祭のあくる日	佳作	童話		9月号	吉江孤雁
蚊帳	佳作	童話		10月号	吉江孤雁
田舎	佳作	赤い鳥		10月号	北原白秋
きのうの山車	推薦の四	童話		12月号	吉江孤雁
入船出船		赤い鳥	大正14年	1月号	北原白秋
土	佳作	童話		2月号	吉江孤雁
仔牛		赤い鳥		2月号	北原白秋
ひろいお空	佳作	童話		3月号	吉江孤雁
独楽の実	推薦の三	童話		4月号	吉江孤雁
杉の木	佳作	童話		6月号	吉江孤雁
振子	佳作	童話		7月号	吉江孤雁
げんげの葉の唄	佳作	童話		8月号	吉江孤雁
ピンポン	入選の五	童話		9月号	吉江孤雁
去年のきょう	佳作	童話		10月号	吉江孤雁
露	特別募集童謡、入選	童話	大正15年	4月号	西條八十
もういいの	佳作	童話		5月号	西條八十
夜	入選	童話		6月号	西條八十
ふうせん	入選	童話		〃	西條八十

推薦の四	作者	推薦の五	作者	佳作の一	作者	佳作の二	作者
—		—		春の上野	伊藤眞蒼	とんびの輪	伊藤眞蒼
—		—		ハンモック	鹿山映二郎	さくらんぼの村	渡邊増三
—		—		苺	島田忠夫	汽車で	島田忠夫
—		—		蟹	鹿山映二郎	月の暈	島田忠夫
—		—		蟻	島田忠夫	ペンギン島	島田忠夫
—		—		紋附き	金子みすゞ	美しい町	金子みすゞ
—		—		おとむらいの日	金子みすゞ	噴水の亀	金子みすゞ
色紙	金子みすゞ			ほろほろ明かり	片平庸人	うろこ雲	片平庸人
—		—		山羊	佐藤よしみ	雲雀	島田忠夫
—		—		帰り道	原つねを	野原	原つねを
—		—		裸の馬	島田忠夫	草木瓜	島田忠夫
—		—		蓮の花	佐藤よしみ	若葉	原つねを
—		—		草山	金子みすゞ	あの子	中村滋一郎
—		—		麦のあき	島田忠夫	赤い百合	清水春枝
—		—		お馬の行水	佐藤よしみ	さくらんぼ	冬木一
—		—		港の鷗	片平庸人	夕日	吉川政雄
きのうの山車	金子みすゞ			蜀黍畑	仙波しげる	平家蟹	原勝利
白壁お家	佐野四満美	—		山のはたごや	原勝利	山の村	仙波しげる
河原のひる	三須英三	—		大錨	荒木清	白い月	吉村光雄
影ふみ	田井美春	枯かや	長島たつを	丘の上	篠原銀星	雪の花	浦山琴子
茨の芽	延崔黒	けんけん小車	山田喜市	蝶々	片平庸人	霜柱	和泉幸一郎
蕗つみ	延崔黒	—		はざまの夕ぐれ	原つねを	春	平林武雄
ぐみの実熟れる頃	原つねを	—		杉の木	金子みすゞ	種まき	浦山琴子
たんぽぽ	平林武雄	山かげ	田中美春	日暮	永島信吉	とんび	与田準一
夏	佐藤よしみ	海星	内山よし路	六月	山本一美	たんぽぽ	北野牧夫
梅雨の頃	北村草之助	ピンポン	金子みすゞ	峠の雨	野村詩楼	五月雨	檀上春之助
昼顔の花	藤原やすみ	横浜の港	鉄指公蔵	蛙の鳴く頃	木内森三郎	夕蟬	武田幸一
椿	佐藤よしみ	ほうづき	原つねを	月	檀上春之助	夕立	酒井良夫
秋の宵	葛木和夫	行水	北居審二	河端	鶴谷隆起	雲	鈴木日英
小春日和	湊一訓	冬の家	草葉影二	蕎麦刈	柴山はるみ	はつ秋の旅	古村てつ草
ぺんぺん草	平岡いわお	おち葉の扉	藤原やすみ	山家の秋	木内森三郎	縁	土屋久雄
雪の夜	船越厚	一軒家	檀上芳花	ゆきぐつ	草葉影二	杉の花の匂い	古村徹三
—	—	—	—	田舎の駅	昼田たけを	月夜の田圃	平林武雄
牧師	片平庸人	—	—	もういいの	金子みすゞ	昼待つ間	永島信吉
—	—	—	—	沼	片平庸人	乳と草の匂い	蒼沼義郎
—	—	—	—	夢	宮尾進	異人屋敷	片平庸人

佳作は作品数が多いため、一と二のみ掲載した

雑誌「童話」推薦作一覧

		推薦の一	作者	推薦の二	作者	推薦の三	作者
大正12年	7月号	蟻の話	島田忠夫	小栗鼠	北野牧夫	ー	
	8月号	鹿	島田忠夫	ー		ー	
	9月号	お魚	金子みすゞ	打出の小槌	金子みすゞ	ー	
	10月号	ー		ー		ー	
	11月号	ー		ー		ー	
大正13年	1月号	砂の王国	金子みすゞ	ひとり	島田忠夫	ー	
	2月号	駒鳥	北村慎爾	船の鸚鵡	大島重三	ー	
	3月号	時さんと牛	島田忠夫	大漁	金子みすゞ	おはなし	金子みすゞ
	4月号	鷗の家	島田忠夫	親鴨小鴨	渡邊増三	はかま	佐藤よしみ
	5月号	神輿	金子みすゞ	石ころ	金子みすゞ	島のたより	原勝利
	6月号	巣	島田忠夫	田螺	島田忠夫	ー	
	7月号	操り人形	島田忠夫	鷗の啼くころ	片平庸人	ー	
	8月号	田舎の絵	金子みすゞ	静かな家	佐藤よしみ	小僧さん	草舎影夫
	9月号	山の畠	片平庸人	逃げた兎	高畑襄	団栗	佐藤よしみ
	10月号	木兎の家	久保ひさし	どつけし売り	舟木貫一	日暮の馬車	片平庸人
	11月号	寒蟬	島田忠夫	白い路	浦山琴子	眼白さし	佐藤よしみ
	12月号	かやの実	島田忠夫	山駅の秋	矢田篤三	松のお花	佐藤よしみ
大正14年	1月号	麦畑	山本信雄	かれくさのお家	浅田草路	ほしぐさの花	延崔黑
	2月号	蔓荊	島田忠夫	先生	片平庸人	渡り鳥	佐藤よしみ
	3月号	囲炉裡	島田忠夫	秋の昼	矢田篤三	豆がらなる暮	仙波しげる
	4月号	かけ図	島田忠夫	砂湯	原つねを	独楽の実	金子みすゞ
	5月号	春山	島田忠夫	燕	片平庸人	春	古川しづ
	6月号	畦	島田忠夫	月夜	平林武雄	母の話	吉村光雄
	7月号	山家	島田忠夫	渡り鳥	山田詩楼	砂山	大西ヒロシ
	8月号	梨の芽	原伊智緒	日暮山道	名和暢児	祭りのあと	安司久朗
	9月号	苺	島田忠夫	鰯雲	佐藤よしみ	静かな町	武田幸一
	10月号	沼	島田忠夫	かたばみ草	蘆谷蘆香	名無しの草	平林武雄
	11月号	夜	島田忠夫	帰り	宮尾進	病床	深水澄子
	12月号	背戸	島田忠夫	柿干す村	田井美春	校舎	片平庸人
大正15年	1月号	狐	島田忠夫	日暮	平林武雄	雪夜	片平庸人
	2月号	梅	島田忠夫	冬	草葉影二	寒朝	船越淳次
	3月号	冬	島田忠夫	霧のひぐれ	和泉幸一郎	雉子	佐藤よしみ
	4月号	星	平林武雄	みかん畑	島田きく	虫取菫	中川たけ詩
		露	金子みすゞ	夜話	島田忠夫	流れ星	原勝利
	5月号	村の桜	島田忠夫	名無し鳥	古村徹三	春	和泉幸一郎
	6月号	栗の花	島田忠夫	夜	金子みすゞ	ふうせん	金子みすゞ
	7月号	蛙	島田忠夫	おはなし	原勝利	田舎	谷口清水

・選者は大正13年6月号まで西條八十、大正13年7月号〜大正15年3月号は吉江孤雁、大正15年4月号〜7月号（最終号）は八十
・大正12年12月号は関東大震災のため休刊。
・昭和32年に『日本童謡集』を編纂する与田凖一の名前が大正14年7月号に、昭和45年に詩集「繭と墓」を出す檀上春之助（筆名春清、芳花）の名前が大正14年9月号と11月号、大正15年3月号にある

金子みすゞと童謡詩　関連年表

一九〇三年（明治36年）０歳
金子みすゞ（テル）、四月十一日、山口県大津郡仙崎村（長門市仙崎）に誕生。兄は二歳上の堅助。古川ロッパ、東京で誕生

一九〇五（明治38年）２歳
弟上山雅輔（金子正祐）仙崎で誕生。父庄之助、清国満州営口へ書店長として渡る。上田敏訳詩集『海潮音』、日露戦争終結

一九〇六（明治39年）３歳
父、満州で病死。母ミチ、金子文英堂を開く。南満州鉄道「満鉄」設立

一九〇七（明治40年）４歳
雅輔、上山文英堂店主の上山松蔵・フジ夫婦の養子となり下関へ行く

一九一〇（明治43年）７歳
仙崎の瀬戸崎尋常小学校入学。文部省唱歌義務化。日韓併合条約

一九一一（明治44年）８歳
金子文英堂で書物に親しむ。ロッパ、九州門司へ転居

一九一六（大正5年）13歳
大津高等女学校入学、作文を好む
一九一八（大正7年）15歳
雅輔の養母（叔母）のフジ病死。スペイン風邪流行（〜一九二〇）。「赤い鳥」創刊。
第一次大戦終結、西條八十「かなりあ」
一九一九（大正8年）16歳
母ミチ、松蔵と再婚して下関へ
日本初の童謡歌「かなりや」。「金の船」創刊。西條八十詩集『砂金』
一九二〇（大正9年）17歳
女学校卒業、家業を手伝う。「童話」創刊、大正デモクラシー最盛期
この頃から雅輔、仙崎に来てみすゞ、堅助と交友
一九二二（大正11年）19歳
兄堅助結婚、兄嫁が同居。「コドモノクニ」創刊
一九二三（大正12年）20歳
下関へ転居、上山文英堂で働く。詩作と投稿を始め「童話」など四誌に掲載
八十に絶賛され、入選続く。雅輔、上京するも関東大震災で帰郷

一九二四（大正13年）21歳
「童話」選者の八十渡仏。みすゞの詩「童話」入選減少。「赤い鳥」へ投稿先を変え、翌年にかけて三作掲載される

一九二五（大正14年）22歳
選詩集『琅玕集』を編む。童謡詩人会発足。普通選挙法制定
ラジオ放送開始。治安維持法制定

一九二六（大正15年）23歳
上山文英堂の書店員と結婚。八十帰国。「童話」廃刊。詩の投稿先を「愛誦」に変え、掲載される。童謡詩人会員に選ばれる。長女ふさえを出産
大正天皇崩御、昭和改元

一九二七（昭和2年）24歳
下関駅で八十に面会。夫が商売を始める。みすゞ発病
三木露風「赤とんぼ」。モボ・モガ、都会を闊歩する

一九二八（昭和3年）25歳
「愛誦」「燭台」などに詩が掲載される。雅輔、再上京、ロッパと面会

一九二九（昭和4年）26歳
島田忠夫、下関を訪ねるも、みすゞと面会できず

八十「愛誦」主宰を下り、みすゞの詩の掲載が止まる。夏から五百余作を推敲、清書し、八十と雅輔に送るも詩集は刊行されず。娘の言葉を『南京玉』に記録
「赤い鳥」休刊、「金の星」廃刊で童謡詩衰退。雅輔、一月から文藝春秋社「映画時代」勤務
八十「東京行進曲」。エロ・グロ・ナンセンス流行。世界恐慌

一九三〇（昭和5年）
離婚。みすゞ三月十日逝去、享年二十六。雅輔、みすゞ詩集の発行を八十に依頼するも叶わず。雅輔、下関に帰り結婚、「金子みすゞ遺作の童謡による小品シナリオ四篇」執筆

一九三一（昭和6年）
八十「蠟人形」でみすゞを追悼。満鉄爆破、満州事変

一九三二（昭和7年）
雅輔、三度目の上京、脚本家を目指す。満州国建国

一九三三（昭和8年）
ロッパ「笑の王国」旗揚げ、雅輔裏方協力。八十「東京音頭」。国際連盟脱退

一九三五（昭和10年）
八十「少女倶楽部」で随筆とみすゞの詩を掲載

一九三六（昭和11年）
雅輔「東京五輪」作詞、ロッパ歌のレコードが発売（五輪は日中戦争により中止）。「赤い鳥」

廃刊。二・二六事件
雅輔と八十、みすゞの話をする。八十、「コドモノクニ」にみすゞの詩掲載
一九四一（昭和16年）
雅輔、「評註金子みすゞ童謡集」を編む。真珠湾攻撃、太平洋戦争
一九四四（昭和19年）
『少国民のための大東亜戦争詩』刊行。八十「比島決戦の歌」、特攻隊出撃
一九四五（昭和20年）
野口雨情逝去、享年六十二。第二次世界大戦終結
一九四九（昭和24年）
八十、「蠟人形」にみすゞの詩を掲載。八十「青い山脈」
一九五三（昭和28年）
雅輔、劇団若草設立
一九五七（昭和32年）
八十「少女クラブ」にみすゞの詩を掲載
『日本童謡集』にみすゞの詩「大漁」収載
一九七〇（昭和45年）
金子みすゞ詩集『繭と墓』刊行。八十逝去、享年七十八、大阪万博

一九八二（昭和57年）
雅輔、みすゞの手書き詩集三冊を矢崎節夫氏に渡す。「童話」復刻版七十五冊出版

一九八四（昭和59年）
『金子みすゞ全集』刊行

一九八九（平成元年）
雅輔逝去、享年八十四

一九九六（平成8年）
国語教科書にみすゞの詩「私と小鳥と鈴と」などが採録

二〇〇三年（平成15年）
生誕百周年。仙崎に金子みすゞ記念館開館

二〇一一（平成23年）
東日本大震災。「こだまでしょうか」がＣＭで流れる

二〇二三（令和5年）
生誕百二十周年

『童謡詩人金子みすゞの生涯』矢崎節夫著、「雅輔日記」「年記」『西條八十全集』参照

あとがき

番組テキストから『金子みすゞと詩の王国』へ

本書は、二〇二二年にNHK・Eテレで放送された「100分de名著」の番組テキスト「金子みすゞ詩集」に加筆したものです。

テキストの読者の方々から嬉しいご感想を頂戴しました。みすゞの詩を文学として初めて鑑賞することができて感動した、童謡詩が大正デモクラシーの気運から生まれたと知って驚いた、童謡詩の流行と衰退がみすゞの人生に影響していたことを理解した、みすゞの作品を松本さんの解説付きでもっと読みたい、などです。

そこで本書は、文学としての鑑賞を大幅に追加しました。

解説するみすゞの詩は、三十作から六十作へ二倍にしました。「詩の国の王様～金子みすゞ傑作選」という章も新しく設《もう》け、「花火」「花びらの波」「草原」などの名詩を入れ、作品の特徴ごとに紹介しました。

みすゞが最も旺盛に詩を投稿した雑誌「童話」誌上で、彼女が交流した投稿仲間の島田忠夫、佐藤よしみ、渡邊増三の入選作も、十作、新たに入れました。

その意図は、みすゞと同世代の二十歳前後の若い投稿家たちが「童話」へ送った詩をあわせて読むことで、大正時代の童謡詩の熱気と豊かさを広く俯瞰《ふかん》しつつ、また相対的にみすゞの詩の魅力を浮かびあがらせる試みです。

さらに、みすゞが敬愛した詩人、西條八十の小曲（短い詩）から、八十ならではの技巧が光る作品を選んで入れました。それらがみすゞの詩風に与えた影響が伝わると思います。

全体の構成は全四章から全八章へ増やし、巻末付録として「金子みすゞ作品の初出誌リスト」も新しく加えました。

私と詩の世界

私は小学生、中学生の頃に詩を書いていました。素朴な子どもの詩です。空想の世界に遊んで鉛筆で詩を書いている時の楽しさは、時間もこの世のすべても忘れるほどでした。みすゞも童謡詩を書いているとき、無限の空想の世界を彷徨《さまよ》い、忘我夢中の境地だったろうと、自分のことのように理解できるのです。

少女時代の私は詩の読者を求めて、学校の先生に見て頂きました。するとコンテストに応募してくださり、時々入選しました。

当時、学校の配付物はわら半紙にガリ版刷りの時代です。自分の手書きの詩が、白い上質紙に黒々とした活版印刷で冊子に載ることは晴れやかな喜びでした。自宅のプリンタで簡単に印刷できる今では想像もできない嬉しさだったのです。みすゞさんも自作が八十に高評されて、雑誌に印刷された感激は、ひとしおだったことでしょう。

中学時代の私は、放課後の西日の赤々とさす図書室で立原道造、中原中也、高村光太郎の詩集、堀口大學の訳詩集などを読んでいました。

高校時代は文芸クラブで青臭い詩を書き、雑誌「詩とメルヘン」に二度応募しました。しかし優れた詩について考察することも学ぶこともなく、思うにまかせて書いた拙い作品は当然ながら入選することはなく、それきり応募は止《や》めました。

その点、みすゞは意欲的です。「童話」で選者が代わって入選しなくなると、諦めることなく「赤い鳥」へ投稿先を変え、しかし順位が佳作ばかりで高評されないと、いったんは投稿をやめますが、職業詩人の詩を広く読み、二百作近くを万年筆で書き写して詞華集『琅玕集』を編みます。こうして詩作を一から勉強し直して、再び「童話」と「愛誦」に投稿するチャレンジを続けていきます。

私も大学時代に書いた小説『巨食症の明けない夜明け』を新人賞に応募する時は、さすがに受賞するためにはどうすればよいか考えました。やはり誰も書いていないテーマとモチーフ、ほかの応募作よりも抜きん出た文体と力がある小説でなければならないと肝に銘じて筆を進めました（それでも今読み返すと、二十代前半の若書きの稚拙さに冷汗三斗《さんと》です。同じ二十代前半にみすゞが創った詩の完成度の高さに、あらためて感嘆します）。

なぜこのようなことを書いたのかと言えば、それは、入選をめざして投稿を続けたみすゞの根気強さと勇敢さに感服するからです。

彼女は大正十二年から昭和四年の足かけ七年間もの長きにわたって投稿を続け、およそ九十作が雑誌「童話」「赤い鳥」「愛誦」などに載ります。落選作もありますから、百通以上、応募の葉書を投函したのです。

落選が続いて布団の中で泣いた夜もあったでしょう。ほかの投稿家の推薦作に圧倒されて、茫然としたこともあったでしょう。

そんな二十代のみすゞが、入選をめざして推敲と投稿をくり返した日々の感激と落胆は、雑誌や新聞に、自作の俳句、和歌、小説を応募する人はみな共感されるのではないでしょうか。

私は『赤毛のアン』シリーズの全文訳で、今も詩を読み続けています。作中に英国詩人テニスン『イノック・アーデン』、ブラウニング『ピッパが通る』、ワーズワース『幼年時代を追想して〜不死を知る頌《しょう》』、スコット『湖上の麗人』、米国詩人ロングフェロー『エヴァンジェリン』などの詩が登場するからです。

詩の意味を訳註で解説するために、英詩を読み、意味を考えながら翻訳しています。古い英詩の語彙は難解ですが、韻を踏んだ詩には独特の美しさ、風雅な味わいがあります。

詩が愛誦された時代、人々の詩心

十九世紀の英米では先ほど挙げたような詩人たちが活躍し、詩集が発行されました。人々は好んで詩を諳《そら》んじたのです。学校では、国語（英語）の授業で、生徒たちが名詩を読んで暗唱しました。そのため『赤毛のアン』には百作近くの詩の一節が入っていても、昔の読者は引用元や意味がわかったのです。

日本でも、江戸時代は、中国唐代の漢詩をあつめた『唐詩選《とうしせん》』が出版され、李白や杜甫などの漢詩が愛吟《あいぎん》されました。

明治からは西洋の詩が、俳句や和歌でなじみ深い七五調で翻訳されて「新体詩」が生まれ、さらに言文一致の自由詩が生まれて詩壇は活況を呈します。西條八十の第一詩集『砂金』は十八刷と広く読まれたのです。

さらに童謡詩が流行すると、職業詩人はもちろん、小学生から大人まで詩を書いて全国津々浦々から雑誌に投稿しました。

現在では詩集が愛誦されることは少なくなりました。しかし詩は、小説とも随筆とも異なる魅惑に満ちた文芸です。かつて老いも若きも詩を読み、口ずさんだ時代の浪漫、人々の詩心を思います。

もっとも日本は今でも、新聞雑誌に俳句や短歌の投稿欄があり、惚れ惚れするような秀作が載っています。詩歌の投稿という世界でも希《まれ》な文化的な伝統と詩心のある国と言えるでしょう。

詩の解釈と『みすゞと雅輔』

本書を書きながら、二〇〇一年にみすゞの詩を初めて読んだときの得体の知れない衝撃を思い出しました。そのころの私はまだ三十代でした。今のほうがみすゞの詩の凄みを胸に深く感じつつ、その衝撃の意味を、本書を書くことで理解できたように思います。みすゞが人生の歓喜も哀歓も童謡詩に織りこみ、自分自身への励ましとしていたことも感慨深く思われます。

みすゞの生涯については、親族への取材、「雅輔日記」と回想録「年記」によって判明した新事実に基づいて小説『みすゞと雅輔』に書きました。

しかしこれは小説であるため、著者である私自身の詩の解釈を書くわけにはいきません。本書でみすゞの名詩を六十作、紹介することができたことは大きな喜びでした。

さらに『みすゞと雅輔』は明治から昭和七年までを書きましたが、本書では戦前、戦中、戦後の童謡の変化、みすゞの詩の復活までを取りあげ、みすゞの最大の理解者であった雅輔の戦前戦中戦後の活躍にも本書で初めて公開する日記を引用しつつ、紹介することができました。天国の雅輔さんへの鎮魂もできたように思います。

子どもと女の世界の豊かな芸術性

みすゞは児童詩を書いた若い女性であるために、一段低く見る向きもあるようです。

しかし子どもらしさと女性性を理由に芸術的ではない、知的ではないと判断することは成熟した考え方ではありません。男性的で論理的なものの見方や考え方のみが知的だと考えることは、人間の英智というものの底知れない豊かさをむしろ狭めることになるでしょう。

子どもの賢さ、誠実さ、直感の確かさ、思いやりには、胸打たれるものがあります。母となったみすゞは、そうした子どもの智恵を知り、それを文学として表現したのです。

みすゞの詩には、温かな慈愛とある種の気高さがあり、若くとも老成した魂が顕《あらわ》れています。彼女の詩を読むと、あたたかな日だまりのような懐かしい郷愁が胸にわいてきます。

そこから人となりもおのずと偲《しの》ばれます。善良で、純真で、優しく素直な人柄のなかに、深遠なる想像の泉と芸術的な知性に満ちあふれた女性であったとわかります。そして常に投稿先を探して「童話」「赤い鳥」「愛誦」へ送り続けた情熱と行動力の創作者であり、聡明で立派な女性だったと感じます。

彼女の詩は、様々な人々のご尽力と熱意によって没後半世紀を経てよみがえりました。その優しく深い珠玉の名詩はこれからも読み継がれていくことでしょう。

詩を読む喜びはささやかな喜びです。しかしその小さな幸せは胸の底に砂金のように光って消えることはありません。本書がその喜びの一助となりましたら幸いです。

二〇二二年　錦秋の日に

松本侑子

謝辞

本書は、小説『みすゞと雅輔』執筆時の取材記録と集めた資料を参照しました。ご協力頂いた金子みすゞ研究家の木原豊美先生、国会図書館と早稲田大学演劇博物館で資料を探してくださった新潮社の杉山達哉様、ここに記載をさしひかえる方々にも貴重な資料を拝見させて頂きました。皆様にあらためまして御礼を申し上げます。

そして金子みすゞの詩の解釈を書く機会を与えてくださいました「100分de名著」プロデューサーでNHKエデュケーショナルの秋満吉彦様、全四回の充実した番組を製作してくださったテレコムスタッフの今井亜子様、島田智加様、番組テキスト「金子みすゞ詩集」をご編集くださったNHK出版の粕谷昭大様、小湊雅彦編集長、テキストから大幅に加筆訂正した本書を丹念にご編集頂きました文藝春秋の池延朋子様、そしてご校閲の方々に心より御礼を申し上げます。

主な参考文献

「童話」大正十一年～十五年、復刻版、岩崎書店

「愛誦」大正十五年～昭和四年、交蘭社

「赤い鳥」大正七年～昭和四年、赤い鳥社

「金の船」金の星社デジタルライブラリー　https://www.kinnohoshi.co.jp/archive/

『金子みすゞ童謡全集』矢崎節夫監修、ＪＵＬＡ出版局、フレーベル館

『南京玉』金子みすゞ、上村ふさえ著・矢崎節夫監修、ＪＵＬＡ出版局

『童謡・小曲　琅玕集』上下巻、金子みすゞ編・矢崎節夫監修、ＪＵＬＡ出版局

『繭と墓』檀上春清編、季節の窓詩舍。復刻版、大空社

『童謡詩人金子みすゞの生涯』矢崎節夫著、ＪＵＬＡ出版局

『金子みすゞ再発見』堀切実、木原豊美著、勉誠出版

『金子みすゞふたたび』今野勉著、小学館文庫

『金子みすゞの１１０年』矢崎節夫監修、ＪＵＬＡ出版局

「生誕一〇〇年記念誌　金子みすゞ」金子みすゞ生誕１００年記念行事実行委員会、長門市

『柴木集』島田忠夫著、復刻版、岩波書店

「童謡詩人の光と影――金子みすゞと島田忠夫」山蔦恒著「武蔵野日本文学」第十三号
『絲ぐるま』渡邊増三著、交蘭社
『少国民のための大東亜戦争詩』与田準一編、国民図書刊行会
『日本童謡集』与田準一編、岩波文庫
『西條八十全集』国書刊行会
『西條八十　唄の自叙伝』西條八十著、日本図書センター
『父・西條八十の横顔』西條八束著・西條八峯編、風媒社
「映画時代」昭和三年〜五年、文藝春秋社
『児童文学事典』日本児童文学学会編、東京書籍
『世界大百科事典』平凡社
『文藝自由日記』昭和五年版、文藝春秋社
雅輔の手書き資料「年記」大正十年〜昭和四年、「日記」昭和二年、五年、七年、十年、十一年、五十七年、五十九年、六十年、平成元年

引用文は「　」をつけ、誤字と誤植を訂正しました。歴史的仮名遣いは新仮名遣いへ、漢字の旧字体は新字体に変えました。全ての漢字にルビをふってある童謡詩は必要なルビのみ残し、また引用文中の一部の漢字は読みやすくするためにルビを補いました。

本書は「１００分de名著」番組テキスト二〇二二年一月号「金子みすゞ詩集」（ＮＨＫ出版）に大幅に加筆の上、改題したものです。

金子みすゞの写真三点・木原豊美氏提供（カバー、181頁、225頁）
そのほかの写真は、断り書きを除いて松本侑子撮影

ＤＴＰ制作　エヴリ・シンク

文春文庫

金子《かねこ》みすゞと詩《し》の王国《おうこく》

定価はカバーに
表示してあります

2023年3月10日　第1刷

著　者　松《まつ》本《もと》侑《ゆう》子《こ》
発行者　大沼貴之
発行所　株式会社　文藝春秋

東京都千代田区紀尾井町3-23　〒102-8008
TEL　03・3265・1211(代)
文藝春秋ホームページ　http://www.bunshun.co.jp

落丁、乱丁本は、お手数ですが小社製作部宛お送り下さい。送料小社負担でお取替致します。

印刷・図書印刷　製本・加藤製本

Printed in Japan
ISBN978-4-16-792017-3